ベリーズ文庫

エリート専務の献身愛

宇佐木

STARTS
スターツ出版株式会社

目次

飴玉と絆創膏 …… 5
彼と彼氏 …… 31
リスタートとキス …… 63
噂と現実 …… 81
彼と彼女 …… 115
自制と本音 …… 149
信用と疑心 …… 181
抱擁と離別 …… 235
距離と愛情 …… 299
番外編 …… 327
あとがき …… 370

飴玉と絆創膏

唇に柔らかな感触が落ちてきて、燻《くすぶ》る思いを胸の奥に感じる。彼の唇の形も息遣いもにおいも体温も全部、私に幸福感を与えてくれる。こんなに人を愛《いと》おしいと思ったことなんて一度もない。だから、ついこんなことを願ってしまう。

この瞬間が永遠になればいい——と。

だけど……。

＊＊＊

「城戸《きど》さん、今日も一日頑張って」

出社後すぐ外回りに出ようとしたら、廊下ですれ違った戸川《とがわ》部長に激励された。

「はい。頑張ります」

微笑《ほほえ》みながらそう答えたけれど、実のところ笑顔を作るだけで必死だ。

昔から、百六十七センチという高めの身長がコンプレックスで、背を丸くして歩いていた。せめてだれもが振り返るような美人だったなら、背筋を伸ばしていられたと思う。残念ながら、そんな自信はこれっぽっちもない。だけど今年二十五歳になり、社会人三年目。仕事中くらいは堂々と見せようって心に決めた。

プライベートでは絶対に履かないパンプスのヒールは五センチ。意識的に俯《うつむ》きそうな顔を上げるのは、会社から出てひとつ目の横断歩道前。そこを渡りながら今日一日のスケジュールを頭の中で確認し、渡り終えた先のカフェテラス前を通過直前に、バッグのポケットを確かめる。

携帯と何個かの飴玉《あめだま》。そうして一度足を揃《そろ》えて少し先の空を見つめ、心の中で『よし』とつぶやき気合いを入れる。肩にかけたバッグの紐《ひも》をぎゅっと握って、すぐに足を踏み出した。

外資系製薬会社に勤めて三年。私の仕事は、いわゆる営業。ＭＲと呼ばれるものだ。自社の医療用医薬品を医療機関に導入してもらうため、日々病院などを訪問して回り、医薬情報を提供する……のだけれど、ひとり立ちをして、まだ三ヵ月ちょっと。ドクターとの距離感や営業方法を模索中で新しい薬の採用もなかなか取れず、気が滅入る一方だ。

「痛っ」

声を漏《も》らしたあとに唇を噛《か》み、赤くなった踵《かかと》に細めた目を向ける。

買ったばかりのパンプスだから、靴擦《ず》れしちゃったんだ。途中で絆創膏《ばんそうこう》でも買って痛みをごまかそう。

腕時計を確認し、一刻の猶予もないと我に返ると、踵を庇《かば》いながら歩き出した。


夕方頃に帰社してからは、書類と睨《にら》めっこ。毎日それの繰り返し。

夜八時過ぎに帰宅し、スーツも脱がずベッドに横たわり、放心状態で部屋をボーッと眺める。すると、脱力した途端に踵がじんじんと痛み出した。絆創膏を見れば、かなり血が滲《にじ》んでいる。

無意識に足もとへ重苦しいため息を落としたところに、バッグのポケットから着信音が聞こえてきた。

「もしもし」

『あ、瑠依《るい》？　仕事終わった？　メシある？』

電話に出るや否や、彼の横柄な態度に辟易《へきえき》する。

「今帰ってきたところで、ご飯はまだ……」

『あー。そっか。じゃ、いいや。どっかで食って済ますわ』

「えっ。あ、由人《よしと》く……」

名前を呼び終える前に一方的に通話を切られる。思わず伸ばしかけてしまった手をだらんと下げた。

いつもこう。確かに、『仕事仕事』って言っている彼女なんか可愛《かわい》くないのかもしれない。だけど実は少し前から、もうちょっと接し方があるんじゃないのかなって思っている。今の電話も、明らかにお母さんとのやり取りみたいだったし……。

「私、母親でも食堂のおばちゃんでもないんだけど！」

やり場のない感情をぶつけるように、携帯をベッドに放った。

そうかといって、本人には本心をなかなか言えない。

自分に対しても憤りを感じた直後、怒りも忘れさせる空腹の音が室内に響く。

なんだか間抜けな自分にまたひとつため息をつき、キッチンへ向かう。冷凍食品のピラフを開封して、皿にザッとのせた。

付き合ってもうすぐ一年になる彼氏、由人くんは本当に自由だ。

由人くんとの出会いはコンビニだった。会社がお互い近くて、たまたま同じコンビニに訪れたときのこと。残業用にと思って、残りひとつの明太子おにぎりに手を伸ばした際、由人くんも偶然手を伸ばしてきて重なった。私が遠慮して譲り、そのまま別れた。その日以降、コンビニ付近で見かけると会釈《えしゃく》をしたりして、どちらからともなく言葉を交わすようになった。そんな関係が約一ヵ月続いたあと、告白されて今に至る。

彼は事務職で基本的に残業はない。仕事後は気ままに行動しているようで、たとえば前日に友達と飲みに行く約束をしていても、終業間際になってそういう気分じゃなくなれば平気でキャンセルする。しかも、それを悪いとは感じていないように見受けられるのが問題だ。そんな彼と付き合いが長い友達は、その性格を受け入れてしまっていて、我儘《わがまま》がまかり通っているから余計に悪気なんてないんだと思う。

由人くんと一緒にいるようになって、自分にはない彼の自由奔放さに魅力を感じたのも事実。けれども、さすがに自由と我儘のはき違えには気づいてほしいし、社会人なのだから無責任な行動は直すべきだと常々感じている。

そう何度かやんわり伝えてみても、由人くんにはいつも聞き流されている。

ピラフの温め終了を知らせるレンジの音に、ハッと意識を引き戻される。

「あっつ！」

浅皿の縁に指を添えた瞬間、あまりの熱さにすぐ手を引っ込め、声を上げる。

料理もまともにしていないくせに火傷《やけど》だなんて失笑するしかない。仕事もパッとせず、彼氏とも最近は微妙な感じで本当に冴《さ》えない日々。

私は開けっぱなしのレンジに背を向け、流水で指を冷やしながら項垂《うなだ》れた。

翌日の今日も、気がついたときには顔を上向きに。ひとつ目の信号を渡り終え、カフェテラスの手前でバッグのポケットを確認する。

うん、携帯はちゃんとある。飴玉も今朝出がけにまた入れてきた。ああ、今日の空は真っ青だ。気持ちがいい。

少し長く空を仰ぎ見ていたかもしれない。頭を戻してから一瞬めまいがする。ゆっくり息を吐き、気持ちを落ち着けた。

寝不足？　夏バテ？　だとしても、立ち止まっていられない。仕事しなきゃ。大丈夫。体調はすぐ、もとに戻るはず。ええと、一件目はミササギ薬局で、そのあとは……。

一度思考がぼんやりしたせいで、確認済みのスケジュールに自信がなくなる。バッグから手帳を取り出して開くのが面倒で、簡易的に予定をメモしてある携帯のスケジュールアプリを見ようとした。

「あっ！」

携帯が手からするりと滑ったと同時に、数個の飴玉がアスファルトの上を転がった。

やってしまった！と片目を瞑《つむ》り、約一メートル先に落下した携帯を心配する。

壊れていたらどうしよう。修理なんてお金がかかっちゃう。なにより、最近忙しくてバックアップも取っていない。

最悪の事態を想像していると、ちょうどカフェから出てきた男性が、私よりも先に携帯を拾い上げた。

「すっ、すみません」

即座に謝り、拾ってくれた主に視線を移す。ダークネイビーのスーツを纏《まと》ったその男性は、上半身を起こす直前に目だけを私に向けた。綺麗《きれい》な純黒の瞳と、整った顔立ちのあまりの美しさに、寸時携帯を受け取ることも忘れる。

「はい。これも」

彼に目を奪われていると、知らぬ間に足もとに落ちていた名刺入れも拾ってくれた。

私は慌てて両手を出し、携帯と名刺入れを受け取る。

「重ね重ねすみませんっ……」

携帯が故障しているかどうかという確認も後回しにして、勢いよく頭を下げる。

「いえ。ホープロエクス社の営業の方なんですね」

「えっ」

なぜそんなことを知っているのかと驚き、彼を見上げた。

「ああ。申し訳ない。今、名刺入れが開いた状態で落ちていたから見えてしまって」

彼が私の持つ名刺入れに視線を向けて説明した内容に、すんなり納得がいく。

「ええ。一応……そうなんです」

「一応？」

苦笑して答える私に、彼は不思議そうに繰り返した。

私が勤めるホープロエクス社は、世界売上高ランキング一位に君臨するほどの業績で、最近は日本国内でも五指に入る。そんな企業に就職できたのは、たぶん薬学部で得た知識と、そこそこの英語力を買われたんだと思う。でも営業の仕事は難しく、会社のネームバリューに見合った業績を出すことができずにいる。正直、自信を持って他人に勤務先を紹介できない。

「……まだ社に貢献できていなくて」

「なるほど。そういうこと」

彼は目を伏せて、ふっと笑い、散らばっていた飴玉を拾い集めながら言う。

「だけど、頑張ってるんでしょう？」

「え？」

どうしてそんなことが言えるの？

そんな疑問が瞬時に浮かぶと、彼はなおざりになった私の手を掴《つか》んだ。そして優しく微笑み、拾った飴玉を私の手のひらにコロンと置く。

「足が絆創膏だらけになるくらい、毎日歩き回っているみたいだから」

飴を挟んで重ねられた手が微《かす》かに触れ、脈がほんの少し速くなる。私がどぎまぎとしていると、彼はそれ以上なにも言わずただ柔らかく目を細め、去っていった。私は彼の背中を少し見送ってから、まだ痛みの残る足で歩き始める。

目立たないように貼った絆創膏。それでも一瞬で気づいたあの人に驚いた。

会ったばかりの人の社交辞令だってわかっている。だけど、『頑張ってる』というひとことが心に響いて、足の痛みを緩和させてくれた。

月島《つきしま》総合病院は、私が担当するエリア内で最も大きな病院だ。ここを訪れるのは大抵午後。院内も広いから、この病院のドクターを回るだけで、かなり時間がかかる。

さすがに疲れを感じていたところに、突然後ろから抱きつかれた。

「お姉ちゃん！」

「瑛太《えいた》くん！」

瑛太くんとは、私が先輩について回っていた頃に小児病棟で知り合った入院患者の男の子。瑛太くんは私を見つけると、いつも話しかけてくれる。それがとてもうれしくて、ついつい長居をしてしまうのはここだけの話。

「走っても身体は大丈夫なの？」

私の胸辺りまである背丈は、昨年初めて会ったときと比べ、ずいぶん伸びた気がする。瑛太くんの頭にポンと手を置き、少し屈《かが》んで目線を合わせた。

瑛太くんはニカッと笑う。

「平気だよ、このくらい」

「そう。あ、でも、どのみち病院の中は走っちゃだめだよ」

得意げに『平気』と口にする姿にも成長を感じられて、なんだか気分はお母さんのよう。

「こんにちは。いつもうちの子がすみません」

そこに本物のお母さんがやってきて挨拶され、慌ててお辞儀をした。

「こんにちは。いえ、私は看護師さんでもないのに慕ってもらえている気がして、うれしいんです」

一年前のこと。瑛太くんは六歳になる年に慢性腎炎と発覚し、それから入退院を繰り返しているのだと聞いた。その疾患は、ほとんどの人が一生付き合っていくというもののはずなのに、瑛太くんもお母さんもいつも笑顔。

線の細い瑛太くんのお母さん。こんなに華奢《きゃしゃ》な身体で一生懸命瑛太くんを支えているんだなと思うと、自分なんてまだまだだ。

「勉強、楽しい？」

瑛太くんの手にある教科書を見て、院内学級から戻るところだったのだとわかる。

私の問いかけに、瑛太くんは「うん」と大きく頷《うなず》いて白い歯を見せた。

「ねーね。今日は？　何味？」

「瑛太！　やめなさい！」

瑛太くんは私の袖口をクイクイと引き、わくわくした顔で聞いてくる。それを見たお母さんは、名前を呼んで窘《たしな》める。これもまた恒例のこと。

「さあ？　なんだろうね？」

私は瑛太くんに一度背を向けてから、ニッコリ笑って振り向いた。そして、握った両手を前に出す。

「じゃあ、こっち！」

真剣な顔つきで左手を指差され、少し時間をためて手のひらを見せた。

「やった！　コーラって書いてある！　好きなやつだ！　ねえねえ、そっちは？」

小さな赤い袋の飴を手にしながら、瑛太くんはもう片方の正解を催促する。

「瑛太、いい加減にしなさい」

瑛太くんを叱るお母さんに笑顔を向け、私は改めて瑛太くんと向き直った。

「当ててみて。当たったらあげる」

握っていた右手を軽く上げて言うと、瑛太くんは真剣に考え始めた。そんな姿がまた可愛くて、つい仕事中ということを忘れる。

「えー？　難しいなあ。いちご味とか？」

「じゃあ、正解発表ね」

右手をそっと開き、握っていた飴を披露する。

「えー！　ソーダ⁉　もうっ。当てるなんて無理だよ！」

大袈裟《おおげさ》に床に崩れ落ちる動きも、子どもならではで微笑ましい。飴玉一個でこんなに必死になってもらえるのは今だけかもしれない。

「そうだよね。じゃあ敢闘賞！　これもあげる。でも、お母さんに預かってもらうね」

クスクスと笑い、水色の包みの飴を瑛太くんのお母さんに手渡した。

「すみません。いつも」

「いえ、私こそ。瑛太くんに声をかけてもらえるようになってから、ここに来るのが楽しみになったんです。でも、早く退院できるといいですね」

そう。ここにいるということは、本来は喜べないこと。だから本当は『楽しみ』とか『うれしい』とか思っちゃいけないし、言ってはいけない。

口にしてから肩を窄《すぼ》めると、瑛太くんのお母さんは嫌な顔ひとつ見せず、終始にこやかだった。


月島総合病院でのスケジュールを終え、総合受付を横切って出口に向かう。夕方になれば、ほとんどが予約診療で、ロビーは人が少ない。

閑散としたロビーを歩いていると、小気味のいいヒール音が聞こえ、音のする方向を見た。三、四メートル前にいた女性に、ひと目で意識を奪われる。

透き通るような白い肌に、肩下で軽やかに揺れる黒髪。顔が小さいとか、スタイルがいいとかいうのもあるけれど、それよりも碧《あお》い目に驚いた。彼女とすれ違ったあとは、微かにローズのいい香りがする。

私よりも彼女のほうが断然背も高かった。手足はスラリと長くてモデルのよう。

思わず振り返り、後ろ姿へ視線を送り続けた。

それにしても、美しい瞳の色だった。きっとハーフなんだろう。

よそ見をしたまま外に出た私は、うっかり来院患者に肩をぶつけ、よろめいた。足もとに落ちた診察券を拾い、「すみません」と何度も頭を下げる。男性は「大丈夫、大丈夫」と言って病院へ入っていった。

怒られずにホッとしたのも束《つか》の間、足の痛みに顔を顰《しか》める。ぶつかってバランスを崩した拍子に足に負荷がかかり、靴擦れの傷が痛みを増している。

本当ドジ。ボーッとしていたのも、昨日用意していた絆創膏を家に忘れてきたことも。だけど営業回りは終わりだし、あとは社に戻るだけ。なんとかなるかな……。

「城戸瑠依さん」

気を抜いて一日の疲れがどっときたところに、フルネームで声をかけられた。取引先の相手だとばかり思い込み、瞬時に背筋を伸ばし、慌てて表情を引きしめ振り返る。すると思いも寄らない人がそこにいて、目を剥《む》いて固まった。

「また会ったね」

「今朝の……！」

私に笑顔を向けている人は、今朝たまたま遭遇して助けてくれた彼だった。

なぜ、こんなところに？　一日に二度も同じ人と偶然出会うなんてある？

茫然《ぼうぜん》としている私とは違って、彼は吃驚《きっきょう》した顔も見せず、病院を見上げた。

「こんな大きな病院を担当しているんだね」

彼は夕陽が反射する眩《まぶ》しい窓ガラスに目を細め、ゆっくり視線を戻し、上品に口角を上げた。

「そこを通りかかったら、君が謝っている姿を見つけて」

よほど私は不思議そうにしていたのだろう。口にしていないはずの疑問に答えるように、彼が説明してくれた。

「お、お恥ずかしいところばかり……どうもすみません」

「いや、別に。僕は君に謝られるようなことはされてないよ」

私が深々と頭を下げると、彼はおかしそうに肩を揺らす。そしてポケットに手を入れ、世間話をするように聞いてきた。

「仕事は大変？」

よくある話題提供のひとつだ。それなのに、仕事がいまいちだということを考えてしまって、すぐに回答できない。うまく笑えていない気がして目を伏せた。

「こういう大きな病院は、特に先生方がお忙しくて。話を聞いてもらうだけで精いっぱいですし、なかなか……。唯一、笑顔で待っていてくれる人がいて、気持ちが救われるんですけど」

瑛太くんを思い出すと笑みが零《こぼ》れる。けれど、次の瞬間ハッとした。

相手も差し障《さわ》りない返しだけを求めているんだから、わざわざ瑛太くんのことまで言わなくてもよかったのに。余計なことまで口走ってしまったのは、普段まともに話を聞いてくれる相手がいないせいかもしれない。

「へえ。瑠依は綺麗だし、やっぱりモテるんだ」

あまりに自然に名前を呼ばれ、一瞬思考が止まった。

「そっ、そんなんじゃないですよ！　それに、綺麗でもないですから」

「そう？　言われないの？　特に瞳は澄んでいて魅力的だと思うのに」

彼が上半身を屈めて美形な顔を近づけてくると、彼のほうがずっと綺麗な瞳をしているのがわかって恥ずかしさが募る。私はパッと横を向き、「いえ」と否定的な言葉で会話を濁した。

だいたい、魅力的っていうのは、さっきすれ違った女性のような人を指すんじゃないかな。彼女の瞳は本当に綺麗だった。

彼が姿勢を戻したのを視界の隅で確認する。もとの距離に戻って胸を撫《な》で下ろした。

こんなにカッコイイ人に『綺麗』と言われるなんて想像したこともない。だから、浮かれる前にもうひとりの自分が心の中で、『鵜呑《うの》みにするな』『舞い上がるな』と戒めてくる。

私は唇をきゅっと引き結んだ。

「ところで、この時間ならもう今日の仕事は終わり？」

彼が腕時計を見ながら尋ねてくる。

「いえ。外回りはここで終わりですが、社に戻ってからまだ仕事はあります」

「それって毎日？　君だけ？」

「はい。だいたいみんなそうですし……」

向こうが不思議そうに首を傾《かし》げるから、こっちまで同じ行動を取ってしまいそうになる。

ごく普通の返答だったと思うんだけれど……。この人もスーツなんだし、外にいるってことは営業じゃないのかな？　あ、でもよく見たら手ぶらだ。

思わず彼を観察して、いったいどういう職種なのかと考える。スーツはピンとしているし、さっき時間を確認していたときに覗《のぞ》いて見えたワイシャツの袖口も、パリッとしていて清潔感があった。何気なく見た腕時計も高級そうなものをつけていたし、革靴も磨かれたように綺麗で、外見的にはまったく非の打ち所がない。

だけど、平日の夕方にスーツ姿で手ぶら……。なんだろう。まったく予想できない。

「うーん、そっか……。じゃあ今日は急だし、だめか」

「はい？」

腕を組んで頭を傾けられ、私はきょとんとして聞き返す。彼は腕をパッと解き、ニコリと笑った。

「決めていたんだ。次に君と会ったときは、連絡先を聞いて食事に誘おうって」

「は……？」

思わずぽかんと口を開けた。

だって、なに？　どういうこと？　なんでそんなこと決めているの？　今朝会ったばかりの平凡な女を相手に。

私は呆気《あっけ》に取られてなにも言えずにいた。彼は構わず話を続ける。

「実は日本に来たのは二度目で、右も左もわからないんだ。だから、食事もホテルのレストランやルームサービスばかりで。せっかくなのに、それじゃあ味気ないし」

彼の説明に疑問が浮かぶ。

「え、と……失礼ですけれど、日本人じゃ……ないんですか？」

だって見た目はどう見ても日本人。アジア系と言われたらそこは納得せざるを得ないが、そうだったとしてもあまりに日本語が上手過ぎる。

眉をひそめ、おどおどと質問した私に、彼は快く答えてくれる。

「国籍で言えばね。でも、純日本人。生まれも育ちもアメリカなんだ」

アメリカで生まれて育ったと聞くだけで、育ちがいい人なんじゃないかと思うのは私だけだろうか。

私は日本で生まれ、特に困窮を知らずに育ててもらった。でも、それなりに挫折も味わい、特別な仕事を任されるほどの実力もなく、毎日同じ生活を送っている。

偏見と言われればそれまで。しかし、目の前にいる彼は自分とは違って挫折なんか知らずにきた人間に思えてしまった。それは、彼があまりに終始堂々としているからかもしれない。

彼は私に一歩近づき、優しい表情を見せる。

「こっちに知り合いはほとんどいない。だから、君が付き合ってくれたらなと思って」

仕事でもなんでも、人から求められると基本的にはうれしい。けれど、非現実的過ぎて素直に受け入れられない。

なんでも揃っていそうな人が、なんで私？　簡単な英会話はできても、満足に通訳できるレベルではない。そもそもこの人、日本語が上手だし。

戸惑う私をよそに、彼は強引だ。

「じゃあ、今度ならどう？」

どう考えても怪しい。迷っていないで、はっきり断らなきゃ。私には彼氏だっているわけだし。

由人くんを脳裏に浮かべる。最近ずっと放っておかれているのを思い出し、モヤモヤする。表情が曇る私に、彼は諦めず交渉を続ける。

「わかった。今日は連絡先だけ交換しよう」

「でも、その……」

「プライベートナンバーを教えるのが抵抗あるなら、会社に電話しようか？」

会社に電話だなんて、本気で言っているの？　アメリカンジョーク？　爽やかに白い歯を見せて笑っているけれど、全然なにを考えているのかわからない。

うまく受け答えできない私を置いて、彼はどんどん話を進めていく。

「もちろん、取引先を装うよ」

もしも本当に会社に電話をくれたとしても、日中は営業に出ているからほとんど社内にはいない。だけど、在社しているときはいつ電話が来るのかって気が気じゃなくなりそう。……やっぱり会社はだめだ。

「ホープロエクスだったね。じゃあ、今聞かなくても調べればすぐ——」

「わっ、わかりました！　携帯番号を教えるので、社にはかけないでください！」

仕事ではないとはいえ突発的なことに弱く機転が利かないなんて、私は本当に営業向きじゃないんだろう。頭の隅でそんなことを思って落胆していると、彼は私と違って喜悦の色を浮かべていた。

咄嗟《とっさ》に承諾してしまったけれど、やっぱり知らない人と食事なんて考えられないし、なにより由人くんがいる。素っ気なくて冷たくても付き合っていることには変わりないし、裏切ることはできない。どこか店を紹介するくらいならできても、一緒に食事は無理って言わなきゃ。

私はポケットから出した名刺入れを握って切り出した。

「だけど、私」

「あ、ごめん。僕は名刺がまだなくて。なにかメモできるものある？」

が、運悪く彼の言葉が重なって掻《か》き消されてしまう。

「……手帳なら持ってます。まず先にこれを」

とりあえず約束通り、こちらの連絡先が記載されている名刺を一枚渡す。そのあとバッグから手帳を取り出し、フリースペースのページを開いた。彼は内ポケットから高級そうなペンを出し、サラサラ走らせる。

私は手もとに集中する彼を見上げ、さっき言いかけたことを再び切り出すタイミングを探る。彼がペンを内ポケットに戻しているときに、思いきって口を開いた。

「あのっ」

「ああ。名刺はないけど、これがポケットに入ってた」

またもや出端《ではな》を挫《くじ》かれ、さすがに心が折れかける。彼はポケットから出したものを私にくれた。

「僕の身もとに不信感を抱いただろう？」

「え……？」

なんだろう？と首を傾げ、差し出された一枚の紙を受け取った。視線を落とした瞬間に、それが搭乗券だということがわかった。

二日前の日付……シアトルから成田《なりた》……ファーストクラス⁉

目を疑って何度も文字を追いかけるけれど、間違いなくそう記載されている。

「名刺代わりにそれを預けておくよ。いつか本物と交換する」

彼は私が両手で持っていた使用済みの搭乗券に、軽く人差し指を置いて微笑む。その指先すらも綺麗で、私は無意識に指から腕を辿《たど》り、彼を上目で見た。

そういえば、ヒールを履いた状態でここまで見上げる男の人は身近にはいなかった。今の私は、百七十二センチになっているはずなのに。

高めの身長も、私の中でいくつかあるコンプレックスのうちのひとつ。彼が至近距離にいるからというのもあるかもしれない。それにしたってこんなふうに見上げるのはかなり背が高いということだ。百八十センチはありそう。

いろいろと驚かされてばかりで、気持ちが追いつかない。茫然としていると、彼は私の手にある搭乗券に小箱を重ねた。

「あと、これも」

それは絆創膏の箱。どこにでも売っているものだけれど、男の人が絆創膏を持ち歩いていたことにびっくりだ。もしかして彼もどこか怪我をしていて、たまたま……？だけど、よく見ると箱は未開封だし。

「頑張り屋みたいだから、たくさん持っていても困らないかと思って」

……え？　それじゃあ、まるで――。

彼の言葉に戸惑いを隠せず、思わず顔を上げる。

「じゃあ、また」

私のために用意をしてくれていたのではないかと、都合のいい期待を膨らませてしまいそうになった。動悸《どうき》がやまぬ間にも、彼はあっさり去っていく。

ぽかんと立ちつくし、彼の背中を見送る。彼は顔だけ振り向かせ、莞爾《かんじ》として笑った。不意打ちの優しさと微笑みに動揺して、赤面してしまいそう。私はごまかすように頭を下げる。そのあと、勇気を出して視線を戻したときには彼の姿はなかった。

手もとの搭乗券に焦点を合わせる。

【SO ASAMI】――あさみ、そう？　あさみさん……か。

彼の素性にちょっと触れることができて、少し安堵《あんど》した。

同時に、あさみさんの笑顔を思い出していたら、不覚にも胸が高鳴った。

彼と彼氏

休みの前日は、なるべく早く帰るように心がけている。そして、普段は手を抜きがちな夜ご飯を準備する。ひとりきりの平日は、冷凍食品やレトルト、お惣菜《そうざい》によくお世話になっているからせめて。とはいえ手の込んだものを用意するほどの気力もないため、手軽にできるものばかり。今日は親子丼とお味噌汁《みそしる》だけだったけれど、味はまあまあだった。

そんなことを思いながら、ぼんやりとふたり分の食器を洗う。蛇口をきゅっと捻《ひね》って水を止め、調理台の周りを綺麗に拭《ふ》きながら言った。

「あ。私、明日休みだよ」

お世辞にも広いとは言えないワンルームのリビングを見れば、由人くんは変わらずラグの上に横たわっている。狭くても居心地はそこそこよさそうだ。彼はリモコンを手にテレビを眺めていて、私のほうを見ようともしない。

「ふーん。じゃあ買い物でも行く？」

数秒遅れて由人くんが返してきた。

それでも返事をくれるだけマシか……なんて、まだ二十代半ばで付き合って二年も経っていないというのに、熟年夫婦みたいなこの諦めはなんなの。

自己突っ込みは心の中でしても、わざわざ口に出すことはしない。いつからか、努力することを諦めてしまっている。もしかしたら、恋愛の消化不良の分を仕事に向けて発散しているのかもしれない。

「だったら私、靴屋に行きたいな」

由人くんの足もとに座ると、おもむろに彼が起き上がった。

「瑠依って、よく靴買ってるよなあ」

「うん。いつも靴底が――」

「あ。そういえばさー」

ゆっくり会話するのも久々で、たくさん話したいことがある。それなのに話の腰を折られてしまい、小さく唇を噛んだ。

些細《ささい》なことだ。付き合いが長くなっていくと、こういうことは当然なのかな？　仕方ないことなのかな……。

疑問を浮かべながら、『友達が飲み過ぎてこんな失敗をした』と笑う由人くんの話を半分聞き流す。

由人くんは、ふんわりとした髪質に優しい顔立ちをしていて、初めは親しみやすい雰囲気だと思った。けれど彼を知っていくうちに、その容姿からは想像できない毒舌を吐くものだから驚いた。

会話するときも基本は自分の話が先で、私の話は後回し。よくよく考えたら、いつも聞き役に回っているのは私だ。飲み会の場で聞いた馬鹿話、友達の恋愛事情、会社での出来事。

男の人だから、仕事の愚痴などはなかなか外で言いづらいのかもしれない。そう思って、私もいろいろ聞いてほしいという気持ちを押し込めて、耳を傾けてきていた。でも私だって、たまには聞いてほしくなるときがある。

私なりに、毎日頑張っているから。


それから約一時間。結局、今回も私が聞き役に徹した。由人くんは話し終えてスッキリしたのか、清々《すがすが》しい顔で先にベッドに入る。

「寝ないの?」

由人くんが、かけ布団を引っ張りながら尋ねた。私は苦笑いを浮かべて答える。

「ちょっと仕事で思い出したことがあるから。確認したらすぐ寝るよ」

遠慮がちにノートパソコンを開く。

週末の金曜は由人くんが泊まりに来ることが多い。そのため、仕事は早めに切り上げて、ちょっとだけ持ち帰る。なるべくその日に終わらせておきたいから、いつも寝る前に急いで仕事を済ませる。しかし、由人くんの話を真面目に聞いていたら仕事の確認をするタイミングを失って、今になってしまった。

「よし。終わったよー。……由人くん？」

振り返ったら、由人くんはすでに寝息をたてていた。

確かにわかってはいる。一緒にいるときに仕事をすると、いい顔はされないっていうのは。でも、頑張って三十分で終わらせたのにな。

私は「はあ」と小さなため息をつき、パソコンをパタンと閉じる。由人くんの寝顔を見て『明日は仲良くできますように』と願い、隣に潜り込んだ。

翌朝。先に目を覚ましたのはやっぱり私だった。朝食を作って由人くんが起きるのを待っていたのに、一時間以上経っても起きる気配がない。迷いながらも声をかけた。

「由人くん、起きないの？　朝ご飯冷めちゃった」

「ん～……今、何時？」

「九時半過ぎたところ」

「九時半⁉　まだ寝られるじゃん。あと一時間したら起こして」

由人くんは不機嫌な口調で言うや否や、かけ布団を被る。

仕方なく、冷めた朝食をひとりで食べる。メイクだけ簡単に済ませたあとは、時間が余って仕事の資料でも眺めようと思い立つ。床に置いていたバッグを手繰り寄せ、クリアファイルを抜き取った際、なにかがひらひらと舞い落ちた。

「あ……」

ひと目見て、あの彼から預かった搭乗券だとわかった。そっと拾い上げ、夢ではなかったのだと改めて認識した。

不思議な人。すごく強引なのに、嫌悪感を抱かせない。それは、あの秀でた容姿のせい？

健康的な肌色に真っ黒な髪。二重《ふたえ》瞼《まぶた》の瞳も、艶のある髪と同じ色。凛々《りり》しい眉は知的な印象を与え、長身でスタイルもよく、手指までもが綺麗だった。

同年代に見えた。そのわりに雰囲気が落ち着いていて、今まで会ったことのある男の人とは少し違う印象を受けた。

あんなに堂々とまっすぐ相手の目を見て話す人は、いそうでいない。アメリカ育ちのせいかな？　きちんと自分を持っている感じ。

両手で握った搭乗券をジッと見つめていたら、ベッドから着信音が聞こえてきて肩を上げた。咄嗟に搭乗券をファイルの下に隠す。

この着信は私じゃなく、由人くん宛てだ。彼に目を向け、黙って様子を窺《うかが》う。

「……はい。あー、寝てた。うん。今日？」

さっき私に『起こして』と言っていた時間よりも、約三十分早い起床。でも話し声を聞く限りでは、私が起こすよりもよっぽど機嫌はよさそうだ。それなのに私は立腹することなく、どこか冷静に客観視している。

「え！　マジ⁉　行く行く！　じゃ、あとで連絡して」

突然ガバッと起き上がり、やけに浮かれ顔の由人くんを傍観する。私の視線にも気づかず、電話の相手と話を進め、通話を終えたときにはすっかり目が覚めているようだった。

「……おはよう」

「瑠依〜。今日の予定パスしてもいい？　今、篤矢《あつや》に誘われちゃってさあ」

こういうとき、ばつが悪そうな顔をするならまだしも、由人くんの場合は明らかに

『楽しみ』という表情をする。

「そうみたいだね。ほかにだれかいるの?」

「あと二、三人かな。ほら、数年前から俺らの中でウェイクボードが流行《はや》ってて。キャンセル出て空きがあるから行こうって言われたんだよね」

「ウェイクボード……」

テンション高めに説明され、そういえばそんな趣味もあったなと思ってつぶやいた。とはいえ、ウェイクボードよりも友達と騒ぐほうが優先で、いつもそのあとの飲み会が楽しみで行っているということも知っている。

「そうそう。瑠依、水着もないって言うし、だいたい興味もないだろ？」

「まあ……」

「だよな。じゃ、俺時間ないし、準備して行くわ」

由人くんは悪びれもせず、あっさりとドタキャンし、テキパキ動いてすぐに準備万端のよう。こんなこと言いたくはないけれど、私と一緒のときも、今と同じくらい機敏に動いてくれたらいいのに。

だんだんと恨めしい気持ちが湧いてくる。

「じゃーな、瑠依。行ってくるわ」

由人くんがひとことの謝罪もなく、いそいそと玄関を出ていくのを茫然と見ていた。

「どうするの？　これ……」

ラップをかけた朝食に目を向け、嘆息を漏らす。

先約は私だった。ただ、私の都合で買い物に行こうとなっていた手前、無理やり付き合わせる気にもなれなくて。でも、久々に美味《おい》しいランチでも食べたかったな。

私は、いわゆる〝おひとりさま〟ができないタイプ。仕事中は仕方なくひとりでお昼をとっても、休日に進んでひとりを満喫するようなことはできない。

買い物くらいはなんとかできるが、食事となると……。できれば、だれかと楽しく過ごせたら、それが一番理想的だし。また朝と同じものをお昼に食べなきゃ……。

あーあ。なんだか冷や水を浴びせられた気分。

もう一度、食べてもらうあてのなくなった朝食にどんより顔を向ける。ラグの上で体育座りをし、ベッドに頭をのせ、天井を見つめる。

せっかくメイクもして出かける気だったのにな。今日はもうなにもかもやめて、家でゴロゴロしていようか……あ、忘れていた！　靴屋には行かないと。月曜からまた仕事だし、なにか対処しなきゃ足がもたない。

面倒になっていたけれど、出かけなければならないことに気がついて項垂れる。それとほぼ同時に、携帯の振動音がどこからか聞こえてきた。

微かに聞こえる音を頼りに携帯を探す。ローテーブルの下から見つけ、昨日慌てて寝たから落としていたのか、と納得しながら拾い上げた。手の中で振動は続いていて、画面を見ると登録外の携帯番号が表示されている。相手がだれだかわからないため、姿勢を正して携帯を耳に当てた。

「はい。城戸です」

声もよそ行きのワントーン高め。頭の中はオフの状態だったから、慌ててオンに切り替える。

『あ、瑠依。今、時間ある？』

「……え？　あの」

第一声で、明らかに向こうは私を知っているのがわかった。だけど私は相手の携帯番号を登録していないし、そんな相手で私の下の名前を呼び捨てにする人なんて、いったいだれ……？

眉をひそめて考えると、すぐに答えが弾き出された。

「えっ……。も、もしかして、あさみさんですか？」

しどろもどろになって答えたら、呆気に取られたような声で返された。

『そうだよ。なんでそんなに驚いているの?』

「あ、いえ。知らない番号だったもので……」

『知らないって。昨日教えたよ』

「す、すみません。まさか本当に電話が来ると思っていなくて」

いや、結構強引だったから、『もしかして』くらいには思っていたけれど、今はそんなこと忘れていたし、なにより仕事に追われていて、番号を登録しようだなんて微《み》塵《じん》も考える暇がなかった。

いつの間にか正座をし、電話に集中する。彼は怒るでも笑うでもなく、真剣な声色で言う。

『必要ないなら初めから聞いたりしないよ。瑠依に電話したいから聞いたんだ』

ここまでストレートに、だれかから必要とされたことなんかない。

照れと恥ずかしさで返答に困る。ただの気まぐれとかナンパ目的とか、そんなネガティブな思考が過《よぎ》りつつ、ときめきも感じていた。

『ところで、今日なにしてる? 仕事は休みだよね?』

「今日は……えーと、特には……」

『それはラッキーだな。じゃあ、これから一緒にランチに行こう』

電話の相手があさみさんとわかった時点で、食事の誘いかもしれないって予測できた。もともと、そういう目的で番号を交換したわけだから。

昨日言いそびれていたことを、ちゃんと今言わなくちゃ。『私には彼氏がいるので』って。

言葉を選んでいるときに、不意に手つかずの料理に目が留まった。

平日はほとんど会わず、休日になっても自分のことを優先する彼氏。ついさっきの仕打ちも、本当はひどいって思っている。……それでも由人くんは彼氏なわけで、私が裏切っていいという理由にはならない。

「そのことなんですが……私、昨日言いそびれてしまって。実は、お付き合いしている相手がいるので、そういうことはお受けできません」

面と向かってだとなかなか自分のタイミングを掴めず、言えなかった。でも今は電話。相手の顔を見ないで話ができるなんてすごく助かる。

自分の言い分を告げて、すっかり話が終わった気でいた。……彼が驚く発言をするまでは。

『でも、今日空いているんだよね？　さっき渋谷《しぶや》ってところに着いて、適当に歩いていたのはいいんだけれど、帰れなそうなんだ』

「え……？　それって、つまり」

『いい年して、迷子ってやつかな』

あさみさんが、まるで他人事のように軽く笑い飛ばす。

「なに笑ってるんですか！　どうするんですか？　今どこに……あ、近くにいる人に道を教えてもらったら……」

あまりに楽観的過ぎて、こっちのほうが動揺した。だれかに道を聞いたらいいのではと思う傍ら、場所は迷路のような渋谷だし、教えてもらってすぐに解決するものかと不安が過る。

『あ。とりあえずいつもと同じカフェの店舗を見つけたから、コーヒーを飲みながら瑠依を待つことにするよ』

「えっ」

なぜか迷子になっている当人が暢気《のんき》で、関係のないはずの自分が取り乱している。マイペースな彼に翻弄されるがままだ。

「わっ、私さっき言いましたよね？　行けないって」

『あ、急がなくていいよ。瑠依の大事な足をまた痛めたら大変だから』

「いや、そうじゃなくて」

『じゃあ、待ってる』

しどろもどろになりながらもう一度断るも、やっぱりあさみさんは華麗に私の言葉をスルーしていく。

今はあさみさんのほうが道に迷って大変なはず。なのに、さりげなく私の足の心配をしてくれるなんて、どこまで余裕があるの？

「い……行きません」

彼の強引で優しい一面に胸がざわめく。それでも、どうにか意思を曲げずに伝える。だけど、彼にはまったく通用しない。

『瑠依が来るまで待ってる。ずっと』

そう言い残し、電話を切ってしまった。

「……なんで」

こんなことになるの？

携帯に目を落として思わずつぶやく。

私、ちゃんと言ったよね？　誘いを受けられないって。理由もきちんと言ったよね？　それなのに、どうして彼は、あんなに平然と落ち着いた声を出せたの……？

諦めるっていう選択肢はないの？

携帯をテーブルに置き、ファイルの下からそっと搭乗券を拾い上げる。そして、バッグの中から小箱を取り出した。

……『ずっと』って。本気なの？

搭乗券と絆創膏の小箱を見つめ、しばらく考える。

十数秒後。私は決断し、顔を上げる。急いで立ち上がり、ヒールのないぺたんこ靴に足を突っ込み、アパートを飛び出した。

普段、渋谷にはあまりひとりで来ない。訪れるときは由人くんに付き合うだけで、まったく足を踏み入れたことのないところのほうが断然多い。だから、呑み込まれるような人混みの中で、あさみさんと待ち合わせる自信はなかった。彼が言っていた『いつもと同じカフェの店舗』という言葉だけが頼りだ。

私が落とした携帯を拾ってくれたとき、彼はカフェから出てきた。あのカフェのことを言っているとすれば、ここだと思うんだけど……。

職場近くのカフェを思い出し、その渋谷店に入る。レジカウンターには行列ができているけれど、長身の彼は見当たらない。列の後ろを横切り、店内をこっそり探し回る。休日だからか、明るい服装の若い子が溢《あふ》れ返っている。

二階席を見回すと、ひと際目立つ姿勢のいい後ろ姿が目に留まった。カウンター席の中央に座っているのは、間違いなくあさみさんだ。

どうしよう。ここまで来て、声をかけるのを躊躇《ためら》っている。

ネイビーのボーダーカットソーはシンプルで、よく見かけるようなデザイン。それなのに彼が着ていると、とてもしゃれて見えるから不思議だ。

後方から観察していると、あさみさんは突然なにかに気づいた様子で動き始めた。

私は驚いて、つい壁側を向いて顔を隠す。気づかれたのかと思ったら、どうやら電話がかかってきたようだ。携帯を持つほうの肘をつき、やや頭を傾けて会話している。

……私だって、あの人と知り合ってたった一日で連絡先を交換したんだから、ほかにも同じような相手がいたって不思議じゃない。

今、電話をしている相手が、もしかしたら自分と同じように声をかけられた人ではないかと思うと、なんとも言えない感情が小さく渦巻いた。

なんで私、こんなところまで来ちゃったんだろう。

急に冷静になり、恥ずかしくなった。私はただ、彼が道に迷っているなら困っているだろうし、絆創膏をくれたお礼もあるからと思っただけで……。

無意識に俯いてしまっていたらしい。近くに人が寄ってきた気配がして、勢いよく顔を上げる。

「驚いたな」

それは私も同じ言葉が頭に浮かんだ。油断していたら、いつの間にかあさみさんに気づかれていたみたい。

こっちは驚き過ぎて心臓が止まりそうになったくらいだ。比べてあさみさんは『驚いた』と言うわりに破顔している。私服姿の彼をチラッと盗み見て、そわそわとつぶやく。

「だ、だって。あなたが『ずっと待ってる』なんて言うから……」

「ああ、いや。近くまで来たら電話でもくれるのかと思っていたのに、ここまで来てくれたことに驚いた」

彼の声は、表情を確認せずとも本当にうれしそうということがわかる。だからつい、誘われるように見上げてしまった。目が合ったが最後、彼の瞳に捕まってしまう。

「休日は髪を下ろしてるんだね」

なんでドキドキしているんだろう。こんなの、だめなのに。きっと、今まで周りにいなかったような美形の人が間近にいるから……。たぶん、そういう理由だ。

自分に言い聞かせながらも、彼の微笑から目を離せない。

「とりあえず出よう」

コーヒーのカップを下げるあさみさんを、落ち着かない気持ちで見ていた。

カフェを出てすぐ口火を切る。

「どうして、わざわざこんな複雑な街に……東京の人でも迷う人がいますよ」

「本当は三軒茶屋《さんげんぢゃや》っていうところに行ってみようと思ったんだけど、途中でこの渋谷が面白そうだったから、つい」

「三軒茶屋？」

てっきり明治神宮《めいじじんぐう》とか有名な観光スポットが目的なのかと思った。だって、彼はシアトルから来日したみたいだから。それにしても、なんでまた三軒茶屋なんだろう？

首を傾げながら歩いていると、あさみさんの視線を感じた。

「でも、それよりも瑠依に会いたかった。会えてよかった」

どうしてこの人は、こんなにもまっすぐな瞳をしているんだろう。なんにも自信がなくて、なにに対してもすぐ揺らぐ私とはまるで違う。はっきりとした意志を感じる双眸《そうぼう》から逃げ出したくなる。

「あの……電話で言いましたよね？　私、彼氏がいますし……私じゃなくても、その……あなたならほかにも」

「あ、『総《そう》』って呼んで」

「え？」

「浅見《あさみ》総っていうんだ。搭乗券は渡していたけど、ちゃんと言っていなかったなと思って」

　彼の名前はすでに知っていた。でも改めて自己紹介をされると、なんだか情が湧いてしまうというか、邪険にできなくなる。

　私はおどおどしながらも勇気を振り絞り、息を吸い込んだ。

「あ、浅見さん。私、お断りしたはずですよね？」

　こういう性格がだめだってことは、わかってはいる。……いるんだけれど、やっぱりだれかを拒否するということはなるべくしたくない。それに、誘いを何度も断ることと自体、慣れていなくて心が痛む。

　気持ちがぐらつく中、いつも意識的に考えていることを思い出し、心で唱える。

　仕事にしてもプライベートにしても、できないことや不確かなことに対して無責任に『できる』と言っちゃだめ！　だから、今回もこれで合っているはず！

　強く自分に言い聞かせるも、義理と建前に囚《とら》われ、心が揺れ動いている。そのせいか、浅見さんのように目を見て伝えることはできなかった。

「そうだけど、瑠依は来てくれたよ」

浅見さんは終始落ち着いているのに、私は狼狽《うろた》えるばかり。

「それはっ……昨日、絆創膏ももらったたし、道に迷っているって聞いちゃったら放っておけなくて」

予定がなくなった今日、あのまま無視していても一日中気になるのだろうと思ったし。そこまで遠い場所でもなかったし、詳しくはないけれど、渋谷なら少しは役に立てるかと思ったからで……。

視線を泳がせながら、心の中で言い訳を並べる。すると浅見さんがクスッと笑った。

「瑠依はやっぱり優しいね」

やっぱり……？

一瞬首を捻る。が、次に言われた言葉でそんな疑問も忘れ去る。

「実は、タクシーもあるしホテルに帰ることはできた」

「あっ」

そう言われればそうだよ！　海外から来たって言ったたって、日本語はこんなに上手なわけだし、最終手段でタクシーや交番があったじゃない！　どうしてこう私って、視野を広く持って考えられないんだろう。

自分の浅はかさを嘆いていると、彼が不意に私の髪に手を伸ばした。

「寝癖だ。急いで来てくれたんだ」

髪はもともと自然なストレート。だけど寝癖がついちゃうと、なかなかもとに戻らない。いつもは結んでごまかしているけれど、確かに今日は急いでいて忘れていた。

浅見さんは伏し目がちに、あさっての方向を向いた毛先を指で摘まみ上げる。男の人なのに睫毛《まつげ》が長い。それに、なんだか色気もあって見とれてしまう。彼の瞼がおもむろに押し上げられ、深い色の瞳が露《あら》わになるのを熟視する。

「瑠依に恋人がいるという話は確かに聞いた。でも、それと、僕が瑠依を諦めなければならないのは別の話だろう？」

さらりと放たれた言葉に絶句する。

「結婚しているわけではないみたいだし。ね？」

いつの間にか浅見さんの手は髪から離れ、私の左手を掬《すく》い上げた。

「えっ。なっ、ちょっ……」

近くを通りすがる人の好奇な視線を感じ、おろおろする。私が頻《しき》りに左右を気にしている間も、彼はずっと私だけを見ていた。

ここまで執着されると、ちょっと怖い。だって、こんなカッコイイ人に言い寄られるような魅力なんて私にはない。もしかして、やっぱりナンパとか。あ、それより結婚詐欺とか、なにかの入会を迫られるとか物を買わされるとか！

ひたすら落とし穴的展開を挙げていくと、ちょっとでもときめいた自分が滑稽で、今すぐこの場を去りたくなった。

「私、駅まで案内したら帰りますから」

触れられていた左手をパッと離し、俯いて踵《きびす》を返す。駅の方向へ歩き始めた直後、今度は右腕を掴まれた。見ないようにしていたのに、思わず振り返って彼を見上げた。

浅見さんはさっきまでひとつも動じていなかったのに、今は僅《わず》かに表情を崩しているものだから目を剥いた。悲しそうに眉を寄せている様は、哀願にも似ている。

……だめ。情に流されたら相手の思うつぼ。騙《だま》される人はこうやって騙されちゃうんだから。

本当は心が大きくぐらついていた。それを懸命に立て直す。でも、きっとこの意志は長くはもたない。だから、一刻も早く彼から離れなければ……。

「瑠依は、ひと目惚《ぼ》れって信じる？」

「……え？」

心臓がドクンと大きく鳴った。浅見さんに触れられている腕が、緊張のせいで震えそう。

私がひと目惚れされるなんて、考えたこともない。しかも、こんなに魅力的な男性に……。

「ここー？　由人が好きなお店って！」

浅見さんの後ろから聞こえてきた声にハッとする。耳に入った可愛らしい声は、私の意識を一気に引き戻した。

由人って言った？　でも〝よしと〟という響きの名前は、さほど珍しいわけではない。それなのに、なぜか胸がざわつく。

浅見さんの奥へ焦点をずらし、由人くんを探す。緊張が身体中を巡り、心地いいとは決して言えない心音が耳もとまで響いてくる。

「瑠依？」

突然顔色を変えた私を、浅見さんは訝《いぶか》しげな声で呼んだ。それでも、私は彼に反応する余裕がなかった。

「あー、そうそう。混んでるかなあ。俺、朝飯食ってないからあんまり待ちたくないんだけどなー。ったく、篤矢のやつがドタキャンなんてするから」

そこにいるのは、紛れもなく由人くんだった。今朝出かけたときと同じ服装だから間違いない。最近見ることがなくなった笑顔で、見知らぬ女の子と並んでいる。

「だけどひとりじゃなくて、あたしもいたからいいじゃない！　あれ？　そういえば彼女の家から来たんじゃないの？　ご飯作ってくれない人？」

「いや。作らないわけじゃないけど、いっつも仕事ばっかりしてる。俺がいるとき、これ見よがしにパソコン開いたりしてさ。仕事と付き合えばって感じ」

「うわ。やな感じ！　可愛くなーい」

こんなに人で溢れているのに、なんで？　喧騒《けんそう》の街中で、どうしてふたりの声が鮮明に聞こえてくるの？

由人くんの言葉で手のひらに爪を食い込ませ、歯を食いしばる。

「ふーん。あたしだったら、そんなに仕事ばっかりしないで、彼氏優先にしちゃうけどなあ。すごいんだねー、由人の彼女」

その子が険のある言い方をしたから、『すごいんだね』が素直に受け止められない。確かに、彼氏を疎《おろそ》かにしていた私が不器用なんだろう。けれど、そんなふうに陰で嫌味を言われるほどのことなの？

「あー、すごいんじゃない？　弱音のひとつも聞いたことないし」

由人くんのひとことで、なにかがぷつんと切れた。浅見さんのことも構わず、通行人の間を縫うように歩き進め、由人くんの前に辿り着く。彼は私の姿を見るなり目を大きく見開いた。

「……瑠っ」

「私だって苦しいよ！　平気なんかじゃない！　頑張ってるんだよ！」

隣の彼女は察しがいいようで、私が彼女だとわかって由人くんの後ろに隠れた。だけど、私にとっては横にいる彼女がだれでどんな関係なのかとか、なんで渋谷にいるのかとか、そんなことはどうでもいい。それよりもずっと、私のことをこれっぽっちも見てくれていなかったことが悔しい。そして、陳腐な反論しかできない自分が不甲斐《ふがい》ない。今まで弱音のひとつもうまく吐けなかった自分が……。

「女が必死になる姿って滑稽なんだよ。男のことをバカにしてるように見える」

勢い任せに言った私の言葉で火がついたのか、由人くんは目を吊《つ》り上げて言い返してきた。

「そんなつもりじゃ……っ」

「今日だって、俺が約束破っても取り乱しもしないし。ほかの女といても、それに対しては平然としてるし。そんな女、可愛いなんて思えるわけないだろ」

男の人を負かそうだなんて思っていない。私は、ただ自立したいだけ。可愛くないって言われたら確かにそうかもしれないけれど、私だって今ものすごく取り乱しているし、本当は足が震えるほど動揺している。足もとがぐらついて、立っているのもやっと。

「俺はもっと楽しく付き合いたいんだよ」

なのに、由人くんは私をさらに追いつめる。

「毎日大変そうに見せて、実は大した仕事してないんじゃないの？　仕事できないいやつが残業するわけだし」

由人くんを前にしたまま、唇すら動かせなかった。

昔からそうだ。私は努力しても結果になかなか結びつかない。頑張っていることすら気づいてもらえない。

じゃあ、どうやって認めてもらえばいいの？　どうしたら、この苦しみから解放されるの……？　これ以上なにか言われたら、きっともう立ち直れない。早くここから離れなくちゃ。もう彼のことは吹っ切って、忘れて、明日からまた前を向いて歩かなきゃ……。

頭で懸命に思っていても、身体が言うことを聞いてくれない。

「自立しようとしている女性のサポートすらできない男が、この子を貶《けな》すなんて。それこそ滑稽だな」

　後ろから聞こえた声で、術が解けたように身体が動いた。ゆっくり振り返ると、私たちを静観していたらしい浅見さんが、由人くんをジッと見据えている。

「は？　ていうか、だれだよお前。ああ。そっちも俺と同じようなことをしてたわけだ。だから女の話題には触れなかったんだな、瑠依」

「違っ……」

「彼女は道に迷っていた僕を助けてくれていただけだよ。噂《うわさ》には聞いていたけれど、東京がここまで複雑だとは思わなかった」

　私が不利になりそうだったところを、浅見さんはさらりと反論してくれる。でも、由人くんは半信半疑だ。

「道に迷っていただけ？　なら、首突っ込んでくるなよ。たかが田舎者《いなか》の通行人が」

　浅見さんは嘘《うそ》をついていない。ただ、番号交換までしていることを思うと、私はなにも言えなくて黙っていた。比べて浅見さんは堂々としていて、こんなときにもかかわらず感心してしまう。眉ひとつ動かさないでいるかと思えば、今度は優雅に微笑をたたえる。

「女性が侮辱されているのを近くで見ていて、黙っていられないだろう。彼女は君が言うような人間には到底思えないしね」

「はあ？　行きずりのやつがなに言ってんの？」

「僕は仕事柄、観察力や洞察力に長けていると自負している。自信はあるよ」

普通、見ず知らずの相手に、『自信はある』なんて自分を過剰評価する発言をしたなら引かれてしまいそうなものだ。それなのに、浅見さんが言うとなぜか納得させられる。容姿端麗だから許されるのか、と頭を掠《かす》めたけれど、見た目だけじゃない気がする。

すると、由人くんが苦虫を噛みつぶしたような顔で口を開いた。

「ずいぶん気取ってるな。東京にも慣れてないくせに。なあ？」

「えっ。あ、うん。まあでも……」

突然由人くんに話を振られた女の子は、煮えきらない態度で言葉を濁す。おそらく、浅見さんの類稀《まれ》なるルックスに緊張しているみたいだ。彼女の視線はずっと浅見さんに向けられていて、それはまるで有名人でも見たような顔つきでいる。

由人くんは、さらに面白くないといった表情を滲ませた。

「仕事ができるとか、そんなこと社外だったらどうとでも言えるだろ」

由人くんが鼻で笑って言う。それは浅見さんだけでなく私にも向けられた気がして、胸が痛んで俯いた。刹那、浅見さんが私の肩に手を置く。おもむろに目線を上げると、浅見さんは至極真剣な面持ちで私を見て言った。

「自分の仕事を認めてもらうべき相手は、仕事だけでなく人への扱いに対しても高い意識を持つような懐の深い人間だ。だから今、感情的になる必要はない」

彼は首を横に振り、静かに微笑む。凍りかけた私の心が徐々に温まっていくのを感じた。迂闊《うかつ》にも涙がひとしずく頬を掠める。ハッとして手の甲で拭い、気を引きしめ直す。肩に置かれた浅見さんの手には、さらに力が込められている。

「可哀想《かわいそう》な男だ。彼女の魅力をわかっていないなんて」

この人は、昨日出会ったばかりなのに、どうしてこんなに欲しい言葉をくれるんだろう。たとえこの場限りの嘘やでまかせだったとしても、私の心は確かに救われる。

「なっ……知ったようなことを！」

「瑠依。ちゃんと言いたいことを言ったほうがいい。君の未来のために」

浅見さんは私だけに聞こえるよう、耳もとで囁《ささや》いた。すごく不思議だ。まだよく知りもしない人なのに頼りたくなる。この熱を帯びた大きな手に――。

その熱に背中を押されるように、私はゆっくり由人くんと向き合った。

「不器用だったかもしれないけれど、仕事も恋愛も私なりに頑張ってきたつもりだから。でも、不快にさせていたなら謝ります。今までありがとう……さようなら」

本当は前からわかっていた。由人くんといるときに違和感があったことや、お互いに微妙な雰囲気を感じていたこと。だけど、手を離す勇気もなくて逃げていた。身近に自分の存在を認めてくれる相手がいるんだって、安心したかった。

「バカなやつ。ますます仕事に支配された生活になるんじゃない？　もう俺には関係ないけど」

由人くんは公衆の面前で別れを告げられたせいか、皮肉めいた笑みを浮かべ、当てつけのように隣の女性を引き寄せる。

それでも私はもう目を逸《そ》らさない。

「行こう」

私は浅見さんに肩を抱かれ、ずっと地に張りついて動かなかった足を前へ出す。ふと見上げたら、浅見さんはとても柔らかな瞳を向けてくれていた。

由人くんに背を向けて歩き進めた直後、浅見さんはぴたりと足を止める。それから顔だけ後ろに向け、由人くんの隣にいる女性にニコリと笑いかけた。

「あなたも、ほかの女性を『可愛くない』だなんて笑って自分の価値を下げる発言は慎んだほうがいい。可愛いのにもったいないよ」

そのひとことに、彼女は頬を染めていた。

ふたりから遠ざかりながら思いがけない展開になったと放心するも、落ち込んではいなかった。それはたぶん、隣にいる浅見さんのおかげだ。

「瑠依」

「はっ、はい」

彼をチラッと盗み見したときに、ばっちり目が合ってしまって肩を上げた。浅見さんは口に緩やかな弧を描く。

「三軒茶屋まで案内してくれる？」

まるで、さっきのことなどなかったように彼は穏やかに言う。

私は振り向くことも、振り返りたい衝動に駆られることもなく、前だけを見る。そして小さく、けれどもはっきりと答えた。

「私でよければ」

リスタートとキス

電車で三軒茶屋に着くと、浅見さんは特に詳細な目的地はなかったようで、適当に歩き進めていた。五分くらい経ったあと、彼が景色を眺めながら口を開く。

「想像と違ったな」

「え？　いったいどんな想像していたんですか？」

「団子やお茶を店先で座って食べられる、茶屋というのが並んでいるのかと思った」

大真面目に言うものだから、私は思わず吹き出した。

「ふっ。あはは。そんなわけないじゃないですか」

もしかして、時代劇に出てくるような茶屋を想像していたんだろうか。そういう茶店が三軒続いているとか？　そんな想像、本当にする人っているんだ。

聡明そうな彼とはギャップが大き過ぎる。考えれば考えるほどツボで、ついつい笑みが零れていた。

「笑ったね。そのほうがずっと可愛い」

浅見さんの言葉で笑いが止まる。ふと見上げると、温顔を向けられていることに気がついた。

「……わざとおかしなことを言ったんですか？」

さっきのことを私が引きずっていると思って……？

揉《も》め事に巻き込んでしまった上、ずっと気遣ってくれていたのかと思うと、心から申し訳なくなる。真意を知りたくて顔色を窺うと、浅見さんは睫毛を伏せて口角を上げた。

「いや。恥ずかしながら、本気でそう思っていたんだ」

私には浅見さんの言うことが本当なのか嘘なのかわからない。

なんて言葉をかけたらいいのか戸惑う。彼はまるで、そんな私の心境をも察したように優しい眼差《まなざ》しでお礼を口にした。

「案内してくれてありがとう、瑠依」

「いえ。大したことじゃないです。……じゃあ、私はこれで」

彼があまりに眩《まぶ》しくて直視できない。思わず目を逸らし、変な間で別れを切り出した。お辞儀をして、そそくさと横断歩道へ足を向ける。

「待って。どこ行くの？　もともとはランチに誘ったっていうこと、忘れてた？」

彼のその表情を見るのは二度目だった。修羅場でも動じない精神を持っている人が、私に縋《すが》るような視線を向ける。ただでさえ断るのが苦手なのに、そんなに悲しそうな瞳で懇願されたら無下にできない。

「でも……」

正直、そんな気分にはなれない。もう由人くんに未練はないとはいえ、私にとってさっきの出来事は大事件。さらに、すぐ切り替えられるほど器用じゃない。

言葉を濁していると、浅見さんは私の左手を取った。大きな手のひらで、少し強引に引き寄せる。

「こんなときだからこそ、だれかと美味しいものを食べたほうがいい。そこのお店にしてみよう」

手を繋がれ、連れられたのは下町風の蕎麦《そば》屋。

浅見さんは頭を下げて蓬《よもぎ》色の暖簾《のれん》をくぐる。初めは引き戸に小首を傾げていたけれど、すぐに気づいたようで扉を横に開けた。店内に入ると、「いらっしゃいませ」と明るい声が聞こえてくる。

席は座敷が三席に、カウンターが八席。カウンター席にひとりの客と、出入口側の座敷に三人連れの客がいる。私たちは、白い三角巾を被った店員に一番奥の座敷へ案内された。

浅見さんの様子が少しおかしい。座敷の前で止まってしまったのを見て、ハッと気づいた。

「あ……靴を脱ぐんです」

浅見さんは「ありがとう」と恥ずかしそうに笑って靴を脱ぎ、座布団に座る。私も浅見さんの向かいに腰を下ろした。

「へえ。メニューが豊富だな。瑠依はなにがいい？」

彼はメニューを開き、先に私に差し出してくれた。それから、もう一冊に手を伸ばし、目を落とす。

「私、やっぱり……」

なんとなく流されてここまで来てしまった後悔でいっぱいで、メニューを開く余裕もなかった。

「ここまで来て、『やっぱり』はナシ」

けれど、メニュー越しに射抜くような目を向けられてしまい、観念した。メニューにさらっと目を通し、小さく答える。

「……じゃあ、ざる蕎麦を」

「ＯＫ」

浅見さんが店員を呼び、ざる蕎麦を二人前注文する。

彼を見て思う。本当になにに対しても物怖《ものお》じすることがないんだなと。

渋谷の街や老舗《しにせ》風の蕎麦屋にも迷わず足を踏み入れる行動力。道に迷っても、引き戸や座敷の仕組みを知らなくても、慌てることなく堂々と振る舞う様は心底感心させられる。そして、私はその積極性に救われたんだな、と改めて思い、頭を深く下げた。

「さっきは本当にお見苦しいところを……。しかも、助けてもらっちゃって……」

「別に気にしなくていい。僕が勝手にしたことだから。逆に首を突っ込んでしまって申し訳なかった」

彼のスマートな受け答えにそれ以上言葉が出なくて、ただ何度も首を横に振った。

少しの間、沈黙が流れる。目のやり場や話題に困って、咄嗟にもう一度メニューを開いた。

「あ……あの、お蕎麦って口にされたことありますか?」

「何度かあるよ。ワシントン州は産地でもあるし、日本料理店も結構多いから」

当たり障りのない話題にも、彼は終始にこやかに対応してくれる。

「え。そうなんですか」

「それに、家では母が日本食を作ってくれていたし。だから、和食が一番馴染《なじ》みがあって好きだ」

　とても不思議。昨日まで知りもしなかった相手と、こうして蕎麦を待っている。しかも、その相手が特殊だ。どう見ても純日本人。けれど、日本には先日来たばかりだと言う。

「浅見さんって、普段なにをされている方なんですか……？」

　思わず、ずっと心にあった疑問が口をついて出た。

　今の聞き方だと、探っているようなニュアンスに取られたかな……。

　そんなふうに心配になったのは、これまでわりとすぐに返事をくれていた浅見さんが、押し黙ってしまったから。聞いてはいけなかったのだ、と慌てて手を振った。

「あ、言えなければ別に大丈夫です……」

「専務」

「せっ……」

　私は浅見さんに返されたひとことに絶句する。

　専務!?　改めて見ても私より少し年上ってところ……。それで専務って、浅見さんっていったい何者なの……？

　驚愕《きょうがく》して瞬《まばた》きも忘れていると、浅見さんは軽く握った手を口もとに当て、クスクスと笑った。

「……もしかして、またわざとおかしなことを言ったんですか？　私を笑わせようとして」

私はつい、じとっとした目を向ける。浅見さんは含み笑いで続けた。

「さあ？　どうかな」

昨日初めて出会ったときは、スーツ姿のせいか特別に大人っぽく感じた。けれど今、正面で頬を緩める彼はとても身近に思える。

私は浅見さんのからかうような態度に小さく口を尖《とが》らせ、ふと考える。

でも、もしも驚かせるくらいの嘘をつくなら、いっそのこと社長とか言うんじゃないの？　そこを中途半端に専務って……。

不可解な気持ちで眉を寄せ、尋ねる。

「まさか、本当……なんですか？」

浅見さんは一瞬目を丸くし、うっすら笑みを浮かべた。彼にしては珍しく、視線を落とし淡々と返す。

「いわゆる親の七光り。まあ、ちゃんと仕事は頑張っているつもりだけど」

本人の口からはっきり『七光り』と言われてしまうと、これ以上踏み込んだことは聞けない。実際、七光りってあまりいい印象を与えないと思うし、あえてそれを自分で言う辺り、なにか思うところがあるのかもしれないから。

でも、親がちょっといい立場というだけで、子どもが真っ当に評価をしてもらえないだなんて、そんな悔しいことってない。

私はまるで自分のことのように憤慨し、きょとんとする浅見さんを見つめた。

「そうなんでしょうね」

「え？」

「だって、大役を一任されるということは信頼を得ているからで、浅見さんが頑張っている証拠だと思います。七光りだけじゃ、そうはならない気がして」

お世辞やこの場を取り繕うためではなくて、素直にそう思う。浅見さんの強引なところは我儘とは少し異なる気がするし、堂々とした立ち居振る舞いはハッタリだったようにも思えないから。ただの勘というか、感覚的なものだけれど。私とは全然違う。

「尊敬します。私は全然だめなので」

自分の弱さを引き合いに出し、苦笑いを浮かべた。

「瑠――」

「お待たせしましたー、ざる蕎麦ふたつです」

そこに注文していた蕎麦が運ばれてきた。せいろに盛られた蕎麦の上に、細く刻まれた海苔《のり》が多めにのっている。なんだかんだとあっても、朝食から時間は経っていたし、お腹が空いてきた。

「美味しそう！」

「本当だ。食べよう」

浅見さんが上品に微笑み、両手を合わせる。私も彼に倣って手を合わせた。

「いただきます」と言って箸を持つ浅見さんは、アメリカでも和食中心だと話していた通り、箸の所作も美しかった。

先に浅見さんが食べ終えた。私も急いで平らげようと思った矢先、彼の携帯に着信が来た。浅見さんは携帯を見て、「ちょっとごめん」と言い残し、颯爽《さっそう》と席を外す。

そういえば、カフェでも電話していたな……。仕事かな？　それとも……。

浅見さんが座っていた席を見つめ、ぼんやりとする。

――『ひと目惚れって信じる？』

急に思い出してしまった。あの言葉は、相手が私だとはっきり言われたわけでもない。単に話題のひとつだったという可能性のほうが高い。

「私、なんでここにいるんだろ……」

すりガラスの窓を見て、ぽつりとつぶやいていた。

——『こんなときだからこそ、だれかと美味しいものを食べたほうがいい』

あのとき、彼に腕を掴まれて言われたことで納得しよう。今、私がここにいる意味は、少しだけ休んでいいよって神様が言ってくれていたということにしておこう。

非現実的な出来事と、ひとりだったら絶対に入ることのなかった蕎麦屋の美味しい蕎麦が元気をくれる。これを全部食べきったら、明日からまた頑張れる。

最後のひと口をつるっと啜《すす》り、喉をごくんと鳴らした。

「ひとりにしてごめん。デートの最中なのに」

そこに、浅見さんが申し訳なさそうに眉を下げて戻ってくる。少し気持ちが落ち着いた私は、笑顔を作ることができた。

「いえ。なんだかデートというよりも、ちょっとした慰労会という言葉のほうがしっくりきますね」

「慰労会？」

「今回の場合だと、疲れを癒《いや》す目的ってところですかね」

あまりにもデートって言われるとくすぐったいし、違和感がある。そうじゃなく、ただ慰めてもらっていたんだって考えたら、現状にピッタリ当てはまる気がした。

私はお盆をテーブルの端に寄せ、靴を履く。立ち上がったときに浅見さんが尋ねた。

「瑠依は癒された？」

「……はい」

「それならよかった」

私の答えに、浅見さんは満足そうな表情を見せた。

それにしても、神様はずいぶん奮発してくれたみたいだ。浅見さんの極上の笑顔を前に、ついそんなことを思った。

バッグの中から財布を取り出し、先を行く浅見さんの背中についていく。私の気持ちはレジに向かっていたのに、浅見さんは会計をせずに外に出てしまった。日本と向こうでは外食店の会計システムって違うのだろうか。

浅見さんを追いかけたかったけれど、私まで出てしまったらそれこそ無銭飲食だと思われる。おろおろしながら、姿を現した店員に慌てて声をかけた。

「あっ。すみません！　お会計をお願いします！」

「あ、あちらの席でしたよね？　お連れ様がもうお支払いくださっていますよ。どうもありがとうございました」

「えっ……。そ、そうですか。すみません。ごちそうさまでした」

開きかけた財布をそのままに、急いで暖簾をくぐる。

「浅見さん！」

「なに？」

勢いで名前を呼ぶと、街並みを眺めていたらしい浅見さんがポケットに手を入れ、こちらを振り返った。

「お蕎麦の代金、ちゃんとお支払いします」

財布からお札を抜き取ろうとした私の手に、浅見さんの手が重ねられる。

「ここまで案内してくれたお礼。それに、デートに誘ったのは僕」

そう言って、財布ごと手を優しく押し込められた。

「だけど、私たちはそういう関係じゃ……昨日会ったばかりなのに」

「ふたりで出かけて、女の子に支払ってもらうのは僕のポリシーに反する。それは、生まれたときから知っている相手でも、昨日会った相手でも同じ」

頑として言われると、これ以上なにを言っても受け取ってもらえないのだろうと感じた。そうかといって、すぐに財布をしまうほど簡単には割り切れない。

私が困っている最中、浅見さんがまじまじとこちらを見るので首を傾げた。

「ああ。いや、瑠依の反応って新鮮だなあって。僕が知っているのは、ごちそうになるのが当たり前っていうタイプか、プライドが許さなくて絶対に奢《おご》られたくないってタイプのどちらかだったから」

浅見さんは軽く身体を屈め、私を覗き込む。

「奢られるのは申し訳ないと思いながら、僕の面目を立てたほうがいいのか迷っているってところかな」

「あ……す、すみません」

「いや、全然。そういう控えめなところが可愛い」

女性をさらりと褒めることができるのは、やはり生活環境が日本とは違うからなんだろうか。『可愛い』なんて言われ、びっくりしちゃったけれど、これは社交辞令だと自分に言い聞かせる。

「控えめっていうか、私はなににしてもはっきりしない人間なんです……」

「瑠依がすぐにはっきりした答えを出せないのは、なにかを懸命に考えているからじゃないの？　悩み過ぎるのは心配だが、それは物事に対して真剣に向き合っている証拠だよ」

私は目を見開いて浅見さんを見上げる。瞳に映し出された浅見さんは至極優美で、心に浸透するような温かな声を奏でた。

「瑠依はちょっと優し過ぎるだけだよ」

本当に不思議な人。今日は思いきって彼に会いに来てよかった。

「ありがとうございます」

自分を肯定され、どこか気恥ずかしい気持ちでお礼を伝える。

「さて。次はどこに行こうか……って言いたいところなんだけれど、実は、ちょっとこのあと用事が入ってしまって」

彼は腕時計を見て、残念そうに肩を落とした。

「あ、お電話ありましたもんね。足止めさせてすみません」

「いや、平気。それより、家まで送っていけたらいいんだけど……ごめん。急遽時間がなくなって。でも駅までは一緒に行けるから」

「いえ。もうここで。ちょうどタクシーも何台か停まってますよ。どうぞ、行ってください」

私は目前の通りに停まっているタクシーを示し、一歩下がる。

「見て見ぬふりしてました、彼とのこと。私、しばらくは仕事に専念します。今日は本当にありがとうございました」

深く頭を下げ、しばらくそのままでいた。数秒後、ゆっくり姿勢を戻しつつ、どう別れを切り出したらいいのか言葉に詰まる。

「えっと、じゃあ……。お蕎麦も、ごちそうさまでした」

大抵、決まり文句で『じゃあ、また』などと口にする。けれど、今回『また』はない。そこを意識して変な間ができてしまった。

「私はついでに靴を見て帰りますね」

軽く会釈をして、この場から離れようとした。

「靴は仕事用？」

不意に投げかけられた質問に足を止める。

「え？　あ、はい」

「靴擦れしない靴を履いて、どのくらいの期間、仕事に専念するつもり？」

浅見さんがなにが言いたいのかと考える間もなく、彼は長い足で一歩近づき、私の左肩を掴む。驚いて顔を上げた瞬間、唇にふわりと柔らかな感触が落ちてきた。瞼を閉じる暇すらなく、気づけばもとの距離に戻っている。あまりに一瞬で羽のように軽いキスだったから、心がまだついていかない。

でも確かに今、私……キス、されたよね……？

動転する私に、浅見さんが真剣な面持ちで口を開く。

「仕事の邪魔をするつもりはない。だけど、公私は別物だと思うから」

「え……なに言って……」

「俺、やっぱり瑠依が好きだ」

これまで彼は自分を『僕』と言っていたせいか、紳士的な雰囲気があってどこか安心していた。それが変わっただけでこんなにも違った印象を与えるなんて。

キスと彼の変化に狼狽《ろうばい》して声が震える。それに比べ、浅見さんは眼差しも声もぶれることなくまっすぐだ。彼の双眸に吸い込まれ、目を逸らすこともできない。

怖くはない。ただ、急に身近な男の人に感じてしまって心臓が飛び跳ねる。彼の言う『公私』で考えるなら、きっと今、〝私〟になったのだと直感した。

「綺麗事なんか言わない。失恋で弱っているところにつけ込むことだって厭《いと》わないよ。それで俺を見てくれるなら絶好のチャンスだ」

私の右頬に手を添え、歯の浮くようなセリフをスラスラ口にする。

「もっと瑠依のことを知りたい」

バッグを持っている手の感覚がない。街の音も、蕎麦屋の出汁《だし》の香りも陽射しの強さも、なにもかも。五感をすべて奪われ、浅見さんしか見えなくなる。

瞳を揺らがせていると、浅見さんとの距離がまた近くなっていっている気がした。端整な顔を瞬きもせずに見つめる。その距離が十センチくらいに縮まったとき、浅見さんの身体から携帯の振動音が聞こえてきた。

彼はぴたりと動きを止め、「ふっ」と笑う。

「タイムアップか。続きは、また」

浅見さんは終始私から視線を逸らさず、口の端を上げて私の頭にポンと手を置く。近くのタクシーへ向かい、爽やかに片手を上げて乗り込んでいった。

私はひとりになっても、まだその場から動けずにいた。夏嵐の風に、休日で下ろしていた髪が舞う。同時に、浅見さんの言葉がもう一度聞こえた気がした。

――『続きは、また』

『また』って言った。私が呑み込んだ言葉を、いとも容易《たやす》く……。

本当にまた会うことがあるんだろうか。すべてが夢のような出来事だったため、どうにも信じがたい。けれど、確かに彼の感触が刻まれている。

目の前を走り去っていった車のクラクションで、現実に引き戻される。

私は軽く頭を横に振って、靴屋を目指した。

噂と現実

こんなことは口が裂けても言えないけれど、本心ではまた会ってみたいなと思っている。

今朝起きてそう感じたことを、営業回りに出るエレベーター内でも考えていた。もしかして、あのカフェに今日もいる……？

初めて出会ったときを思い出しながら、外の光を浴びた。

一昨日《おととい》は予定通り靴屋に行き、靴擦れにも効果的と勧められたインソールを買って帰った。おかげで今のところ、まあまあいい感じ。一応保険として踵に貼ってある絆創膏は、彼からもらったもの。

悪い人じゃない……はず。むしろ、すごく優しくて気遣いもできて完璧だった。だけど、浅見さんとまた会ってしまったら、私の心は掻き乱される……絶対に。

いつもの横断歩道の十数メートル手前で、足をぴたりと止める。

この信号を避けて、別のルートで回ることだってできる。そうすれば、浅見さんに会う可能性はきっと低くなるし、こんなに緊張する必要もなくなる。

両足を揃えたまま、点滅し始めた信号をぼんやり見つめた。

だいたい、あの若さで専務になっているようなすごい人と、知り合いになることすらおこがましい。彼の全部を知っているわけではないけれど、肩書きも見た目もハイレベル。今知っているたったいくつかのことだけで、私とは次元の違う相手だって十分にわかる。……だからって、彼から逃げてもいいのかな。

小さい頃から、ちゃんと私を見てほしいって感じてきた。

私の父は威厳に満ちた人で、だからこそ認めてほしいと子どもながらに思っていた。でも、なにをしても出来のいい兄の前では霞《かす》むばかりで、いつしか自分はだめなんだと諦め、父には近寄らないようにしていた。それでも、承認欲求は消失したわけではない。それから逆に強くなってしまったのかもしれない。

自分がそれを相手に求めるなら、私だってそうすべきだ。たとえ、どんな相手だったとしても。由人くんとはうまく向き合えなかった。その分、仕事や上司や先輩や……浅見さんにだって、きちんと正面から向き合わなければ。

顔を上げ、横断歩道へ大きく一歩踏み出す。

どんなに立場が違えど、相手を知ろうとすることは大事だよね。そもそも、意識しているのは私だけって可能性もある。昨日のキスも、向こうでは挨拶のようなものなのかもしれないし、『好き』のニュアンスもお互いに思い違いしているかもしれない。

頭の中で、ああでもないこうでもないと考え、横断歩道を渡っていく。平静を装いつつも、あのカフェが近づくにつれ、脈が速くなっている。日課のような持ち物とスケジュール確認を怠ってしまうほど、意識は別へ向いていた。

彼がいるかどうか遠目から見て、カフェとの距離が近くなると目を逸らす。カフェの前でチラッと店内を確認したけれど、そこに彼の姿はなかった。

そのまま数メートル通り過ぎたところで立ち止まる。周りに人がたくさんいる中で、ひとり乾いた笑いを漏らした。

……バカみたい。意識過剰になっちゃって。

失笑後、顎をグッと上げる。いつもよりも少し遅れてバッグのポケットを確認した。必要なものはちゃんと持っている。あとは、自分の力を信じて前に進むのみ。

私は口を引き結び、バッグを持ち替えて軽快にヒールを鳴らし始めた。


「月島先生！」

「ああ、城戸さん。待っていてくれたんだ」

白衣をカッコよく着こなしている月島先生は、私の呼び声に爽やかな笑顔を向ける。

月島総合病院泌尿器科のドクターである月島先生。名前でわかる通り、ここの院長の息子さんで、年は三十二と聞いた。彼が院長のご子息ということは、薬剤の処方権を握っていると言っても過言ではない。

そんなふうに考えて近づくのは本当のところ気が進まないんだけど、薬を使ってもらいたいし……。

「お忙しいところ、いつも申し訳ありません」

「いやー。俺の診察日は患者数が増えてく一方でね。休む暇ないよ」

月島先生は、無自覚な自己陶酔型の人だと思う。……なんて、そんなこと間違っても口には出せないけれど。

どちらかというと濃いめの顔立ちで、背はそこそこ高くスタイルもいい。ルックス的には女性に人気がありそうだ。ただ、自分の話ばかりするせいで看護師さんには煙たがられているらしい。今もたぶん、こちらが黙っていれば、彼が終始喋《しゃべ》り倒すだろう。それでは仕事にならない、と営業スマイルで仕事の話を切り出す。

「本当、お疲れ様です。では、手短にお話しさせていただきますね」

「兄のところにはもう行った？　あいつ無愛想だし、城戸さんを待たせた挙句、軽く受け流したりしてない？」

早速話の腰を折られて焦慮に駆られるものの、機嫌を損ねるのは避けたい。となると、笑顔は崩さぬまま、うまく話をかわすしかない。

「あ……お兄様のほうはこれからで……」

月島先生は次男で、長男であるお兄さんもこの病院の循環器内科でドクターをしている。もちろん、私は仕事だからお兄さんのもとにも足を運ぶ。ことあるごとに、お兄さんと自分を比べるような言い方をされるものだから、対抗心を持っていることはすでに察していた。

月島先生は私の回答から、明らかにご機嫌だ。ニコニコして私に近づき始める。

「あ、そうなんだ。俺のほうに先に来てくれたんだ。それはうれしいな」

周りに人は見当たらないとはいえ院内だ。というか、それ以前にお互い仕事中だし、親しくもないのに距離が近過ぎる。

両手を伸ばされると簡単に捕まってしまいそうな距離を、バッグから取り出したパンフレットで少し離した。

「あの、お薬についてなんですけれども、今日はこちらのパンフレットを」

「うん。あとで目を通しておくよ。それより城戸さん、フレンチは好き？　この間すごくいいところ見つけてね。今度どうかな？　今週末は休み？」

「えっ……!?　あ、ええと……」

月島先生は、私の手からするりとパンフレットを抜き取り、ズイッと近づいてくる。ヒールのせいで月島先生の顔が目前だ。あからさまに拒絶するわけにもいかず、口角を上げたままゆっくり後退する。

「それとも、和食のほうが好き？」

月島先生はにこやかににじり寄ってきて、交渉を続ける。いよいよ私の笑顔も引き攣《つ》ってきた。

だれか、近くを通りかかってくれさえすれば……。

そんなことを願うも、だれもやってこない。

「い、いえ……そういうことでは」

しどろもどろになりながら返すのとほぼ同時に、月島先生の院内用ＰＨＳが鳴る。コールに応答するのを見て、ホッと胸を撫で下ろし、そろりと距離を取った。電話の用件はすぐに終わったようで、月島先生は通話を切るなり、ため息交じりに謝る。

「ごめんね。呼び出しがかかった」

「大丈夫です。お時間を取ってしまいまして、すみませんでした。また改めて……」

深々と頭を下げ、もとに戻した直後、不意に耳もとに唇を寄せられた。

「今度は、ぜひ食事でもしながら話をしよう」

低い声で囁かれ、私は驚いて肩を上げて固まる。月島先生は妖艶に微笑み、颯爽と白衣を翻していった。

彼の軽いノリの誘いは今に始まったことではない。だけど、徐々にエスカレートしている。今みたいに、次の休みにフレンチをどうこうなどと具体的に誘われたのは初めてで、かなり対応に困った。呼び出しがあったことに感謝し、『助かった』と長い息を吐く。しかし、誘いは免《まぬが》れたものの、肝心な仕事の話はほぼ皆無。がっくりと項垂れ、肩を落とす。

きっと、次の科へ向かっていた私は辛気くさかったに違いない。


結局、今日もだめだった。ひとり立ちしてからの自分を評価するなら、間違いなく零点だ。

学生の頃の成績は、ずば抜けてよかったわけではないけれど、決して悪くはなかった。ただどうしても一番になることはできなくて、いつも父のため息を耳にした。

ふとそんな過去を思い出し、重い足取りで会社に辿り着いた。フロアには部長だけがいて、私は笑顔を取り繕う。

「ただ今戻りました」

「おお。ご苦労様。今日はどうだった？」

「……すみません」

ぽつりとつぶやき、俯いた。情けなくて、一向に顔を上げられない。

ひとり立ちしてからずっとこんな調子。さすがに心が折れそうだ。沈黙がさらに気持ちを暗くする。

入社したときからお世話になっている部長は、とても人柄がよく優しい人。私が目標を達成できなくても怒鳴り散らしたりすることなく、一緒にやり方を考え直してくれる面倒見のいい人だ。そんな部長すら、なにも言えない状況にさせているなんて。

恥ずかしい気持ちと悔しさで唇を噛む。自席のそばに立っているのに、いつまでもそのままで、座ることもしなかった。肩にかけていたバッグの持ち手を、めいっぱい握りしめる。

「あまり、自分を責めるな」

前にも後ろにも動けずに立ち止まっている私に、部長は穏やかな口調で言った。

「今していることは無駄にはならない。いつか、ちゃんと結果に繋がるときが来る。あまり無理して走り続けていると、いくら若いったって、すぐ息切れしてしまうよ」

その言葉で、ようやく身体が動く。視線をゆっくり部長に向けた。部長はマウスを動かし、一度カチッとクリックしてからこちらを見る。

「これからもずっと、その足で自分の人生を歩いていかなきゃならないんだから。ここで躓《つまず》いたせいで臆病になってしまってはだめだ」

普段から心優しい部長の言葉はすごく重みがあり、響くものだった。部長と同年代の父が同じことを言ったところで、きっと素直に耳を傾けることはできないと思う。

私はなにも言わず、人生の先輩でもある部長の一言一句を噛みしめ、ただ部長と目を合わせていた。

「城戸さんがだれよりも丁寧に資料を作ったり、提出物や営業先への対応が早かったりするのも知っているから。善因善果という言葉がある。大丈夫だよ」

自分を見ていてくれるということが、こんなにうれしくなるものなのだと目頭が熱くなる。

「だから、前に進むことを怖がらないように」

「……ありがとうございます」

優しく目を細める部長に、もう一度頭を下げた。

部長がうちの部長で……私の上司でよかった。部長の人柄の温かさに支えられ、折れかけていた気持ちもどうにか持ち直せた。

それから、通常通り資料や提出書類を作成していた。時計を見れば、短針は九を指している。集中し過ぎて、いつもよりも遅くまで残っていた。

どうせ予定があるわけでもない。あと少しできりがいいところまでいくから、やってしまおう。家に持ち帰っても、途端に電池が切れて仕事なんかできないだろうし。だけど、もう少し頑張ろうとは思っても、お腹は空いたな……。コーヒーでも買ってきて空腹を凌《しの》ごう。

私は両手を上げ、グッと伸びをする。財布を手に取り、廊下に出た。

部署から休憩スペースまでは約五十メートル。そこには自動販売機と椅子が設置されている。

廊下を半分ほど歩いたところで、休憩スペースから話し声が聞こえてきた。なんだか内緒話のように感じ、咄嗟に気配を消した。

「ちょっと小耳に挟んだんだけどさ……」

足音を鳴らさないようにそっと近づいていくと、秘密めいた会話が耳に届く。ひそひそ話というのは、不思議と耳につきやすい気がする。どうやら他部署の男性社員のようだ。私はつい足を止め、話の先を盗み聞きしてしまう。

「俺たちがいるこの支社に、本社の人間が潜り込んでいるらしい」

「は？　潜り込むって、なんでまた……」

息をひそめ、壁の死角に身を隠して耳をすます。

「先輩の同期が、上の人間の話をたまたま聞いたらしくて。それがさ、レイオフじゃないかって話」

「レイオフ⁉」

「しっ！　声が大きいって！」

うっかり私ももうひとりの社員と同様、声を発してしまいそうになった。一時解雇という制度である『レイオフ』という単語に、自然と顔が顰めっ面になる。

レイオフだなんて……。確かに、この日本支社の業績は伸び悩んでいるみたいだけれど、そこまでしなくちゃならないの？

「なんでも女性社員が偵察しているって。レイオフなんて体《てい》のいい言葉だけど、どうせリストラと同じだよ」

「ちょっ……マジかよ。まさか俺じゃないよな……」

「いや。うちの会社みたいなところって、中年から定年前の社員が目をつけられるみたいだ。仕事に慣れて、大して働かなくなったじいさんとかさ」

ふたりの会話を聞いてしまったせいで、休憩スペースまで行くことができなくなった。盗み聞きしたことを後悔し、踵を返す。

単なる噂話かもしれない。そう思いつつ、もしかしたらレイオフを言い渡されるのは自分かもしれないと一抹の不安を抱く。

そうしたら、ほかに就職先を見つけたほうがいいんだろうな。再雇用してくれる制度とはいえ、それがいつになるのかははっきりしていないだろうし、どんな状況になろうとも生活はしていかなければいけないわけだし……。

でももしそうなるにしても、一度くらい自分だけの力で契約を取ってみたいな。このままだったら、どんな仕事に就いても自信が持てない気がする。

私はとぼとぼと自席に戻って嘆声を漏らし、残りの仕事を再開した。

会社を出たのは夜十時過ぎだった。今日に限っては、お腹が空いたことも忘れて歩いていく。バッグの重さもヒールで疲れた足も、今は全然気にならない。ただボーッとして、ふらふらと目の前の道を行くだけ。

なんだか気持ちが暗くなることばかり。落ち込むことは初めてじゃないけれど、今回はすごく深く沈んでいっているみたいで、どう這《は》い上がったらいいのかわからない。レイオフの話を聞いたのが、部長の言葉で浮上した直後っていうことも、ひとつの要因かもしれない。

「瑠依」

深く俯いていると突如声をかけられ、目を見開いた。

「あっ……さみさん！」

頭を上げると、浅見さんが思案顔でこっちを見ていた。

完全に不意打ちだった。今朝はあれだけ意識していたのに、今はまったくノーマークだったから本当にびっくりした。

彼は今日仕事だったのだろう。一昨日と違ってスーツを纏っているところを見て、そう思う。それが、本当に仕事後なのかと疑うくらい疲れを微塵《みじん》も感じさせない。いつでも凛《りん》とした彼に、思わず見入る。

「浮かない顔をして、どうしたの？」

無意識に見つめてしまっていることに気づき、慌てて口を開く。

「そ、そうですか？　なんだろう。疲れてるのかな」

私はとぼけてみせ、すぐにまた俯いた。浅見さんは私の顔を覗き込み、ジッと見つめてくる。

彼の瞳は不思議。そこに映し出されるだけで、心の内をすべて見透かされている気がする。気づかないふりをしていた奥底にある自分の感情すらも見抜かれるようで緊張してしまう。……だけど、自分で隠そうとしている感情を、彼によって曝《さら》け出されるのを心のどこかで待っているような気もする。

ゆっくりと浅見さんを見た。再び目が合うと、浅見さんは優しい顔で僅かに口角を上げる。

「瑠依はすごく気を遣いそうだし、心が疲れているんだよ、きっと」

頭の上に手をポンと置かれ、心臓が跳ねた。柔らかい眼差しを見上げていたのも束の間、彼はその手を私の背中に回し、身体を引き寄せた。行動は強引に思えるけれど、腕はとても優しい。彼から逃れようとすればできるのに、私ときたら浅見さんの体温が心地よくて、うっかり寄りかかっていた。

肩にかけていたバッグがずり落ちて我に返り、慌てて身体を離す。

「あっ……あの」

しかし、今度は力強く抱きしめられてしまった。さっきよりも密着した状態になっていて、頭の中がパニックになる。

夜で人通りが少ないとはいえ、こんな道中で！　アメリカでは普通のことで、浅見さんはなんとも思っていないんだろうけれど……。

硬直していた私のこめかみに、彼は唇を寄せた。

「人に寄りかかったら、少しは休まるだろう？」

その言葉に、ボランティア的な気持ちで接してくれているのだと思った。

そうは言っても、相手が完璧なだけに、私の心は休まるどころか緊張し続けたままだ。幸いなのは、彼の顔が見えないこと。

だって、彼ほどの人にとって私が特別であるはずがない。浅見さんは上に立つ人なだけに視野が広くて、たまたま思い悩んだ顔をしていた私に目が留まったんだろう。

私は奮える声をどうにかごまかして、小さくつぶやいた。

「……いつも、余裕があるんですね。羨ましいです」

この間も今日も。この人だって、疲れる立場にいるはずなのに。しかも日本という慣れない環境下にいるのに、慌てたところを見たことだってない。

浅見さんの胸の中で考えていると、頭上に声がぽつりと落ちてきた。

「見せかけだけさ」

「え？」

「……いや。そんなことないよ。本当は今だって余裕なんかない」

彼らしからぬ弱気とも取れる声色に、思わず顔を上げる。

「これから瑠依を食事に誘おうとしているけれど、断られたらどうしようって緊張してる」

彼はすぐにいつも通りの穏やかな受け答えに戻り、破顔した。今、一瞬感じた彼の些細な変化は、至近距離で微笑まれている現状と信じられない言葉によって、それどころではなくなる。だって、浅見さんが私相手に緊張しているなんて、天地がひっくり返っても起こらないことだ。

驚倒する私に、彼はおかしそうに目を細める。

「今日は時間もあるから、ちゃんと送っていけるよ」

「えっ。いえ、そんな！　送っていただかなくても大丈夫ですから」

「ということは、食事は行くってことでいいね？」

「あっ……」

いつでも浅見さんにペースを握られる。遠慮する言い訳がすぐに思い浮かばない。それに、頭の回転も速い彼に私が取ってつけたような理由を言ったって、うまく丸め込まれて終わっちゃう。

結局、私は浅見さんに負けて食事の誘いを受けることにした。『負けて』だなんてごまかして、本心では気分転換になるかもしれないと期待している。

彼なら、この処理しきれない心の影に光を射してくれる気がして。

私がひとこと「じゃあ……」と答えると、浅見さんは子どものように白い歯を見せ、うれしそうに笑った。

辿り着いたのは一軒の焼き鳥屋。さっき浅見さんに声をかけられた場所からは、そう遠くはないところだった。移動時間はおよそ十五分。それすらも、私がヒールで歩くのが苦手ということを気遣ったんじゃないかと勘繰ってしまう。そのくらい、彼は気が利くと感じるから。

店はお世辞にもおしゃれとか綺麗とかいうものではなかった。店内にいる客は、パッと見オジサンばかりで若い人はいない。昔からやっている雰囲気で、店内に充満している焼き鳥のにおいは、おそらくずっと前から染みついたものなんだろう。

壁際のふたり席に座り、浅見さんと向き合う。こうしていると、あの蕎麦屋を思い出す。

「俺、ねぎまが好きなんだ」

ひとりでこの前のことを思い出している間に、浅見さんはメニューを眺めてそう言った。

「ねぎまってご存じなんですか？　あ、もしかしてそれもお母さんが？」

「父親が焼き鳥好きみたいで、たまに食卓に出てたよ。あ、でも長ネギっていうのが向こうにはないから、似た野菜で代用していた。瑠依はなにが好き？」

「私はなんでも。アスパラや餅の豚巻きとかも好きですよ」

「餅？　へえ。餅が豚肉の中に入っているの？　食べてみたい。この店にもあるかな？　あ、このシソってやつと、ワサビマヨネーズっていうのも興味ある」

浅見さんは無邪気に目を輝かせ、メニューを夢中で眺める。

私、知り合って間もない男の人とこんなふうにふたりきりで、それも短期間に二度も食事に来るなんてしたことがない。もしもほかの男の人だったなら、当然警戒だってしていただろうし、なにか裏があるって疑いの目しか向けられなかったかも。それなのに、浅見さんはそういう警戒心を抱かせないところがある。

どこがほかの人と違うんだろう……？　ガツガツしているように見えないから安心しちゃうのかな？　それも私の勝手な見解だけれど。

「俺の顔になにかついてる？」

不意に視線がぶつかってドキリとする。

「あ、いえ。楽しそうだなあ……と」

しどろもどろで答えると、浅見さんは頬杖《ほおづえ》をついて口もとを緩めた。

「楽しいよ。初めに言ったように、ずっとホテルの食事っていうのも飽きてしまうし、いろいろ興味はあったから。焼き鳥屋もその中のひとつ」

年上であることは間違いないのに、こういう気さくなところがつい親しみやすく感じる。

「スーツを着ているのに、まるで観光している人みたいですね」

だから、失礼だけれど思わず失笑してしまった。

初めて会ったときから思っていた。スーツを着ていても、どこか社会人のように思えない自由さがある。それは別にチャラチャラしていそうとか、まだ学生っぽいとかそういうことではない。あくまで、彼の魅力のひとつとして思ったこと。

私はクスクスと笑って、落としていた目線を上げた。すると、浅見さんは私を見て、満足そうに微笑んだ。

「あっ……。笑ってすみませ――」

「俺が楽しそうに見えるって言うなら、その一番の理由は瑠依と一緒にいるからだ」

彼は手の甲に顎をのせ、少し頭を傾ける。ニコリと朗笑する様は、男性なのに可愛らしい。浅見さんは紳士な顔をしてみせたり、男らしくどこか色っぽい瞳を覗かせたりと、本当にいろんな表情をする。そのたびにドキドキさせられる。

口説き文句のような言葉を聞いて、途端に落ち着きがなくなった。私はそわそわと視線を彷徨《さまよ》わせ、声を上ずらせる。

「あのっ。浅見さんは、お仕事でこちらに来たんですよね……？」

自分で言うのも悲しいけど、私は今まで真正面から熱心に口説かれたことなどない。だから、対処の仕方もわからない。ごまかし方も下手だとは重々わかっている。

無理やり話の流れを変えた質問に、浅見さんは短く「うん」と答えるだけ。その反応に、仕事の話はあまりしないほうがいいのではないかと思う一方、ほかの話題なんて浮かばない。沈黙になるのが気まずくて、結局そのまま続けた。

「あ、やっぱり出張ということですか？」

「そう。ちょっと面倒な仕事を任されたんだ。でも、思ったよりも早く片づけられるかな」

浅見さんは姿勢を正しながら、静かに目を伏せて答えた。

出張ということは、ずっと日本にいるわけじゃないんだ。どのくらいの期間かはわからないが、いつか向こうに帰るということは確実。それなら余計に、この人の存在を大きくしてしまったらだめだ。今日も、心が悲鳴を上げているとき、あまりに自然に包み込んでくれるから……。胸の奥深くに優しさが浸透して、うっかりなにも考えず、頼りにするところだった。

冷静にならなきゃと言い聞かせ、こっそり呼吸を整えて向き直る。

「予定よりも早く仕事が終わりそうってことですか？　面倒って言っていても、そうやってこなすなんて、私には到底できないなあ」

浅見さんは口の端を上げ、上着を脱いで背もたれにかける。そうして言った。

「環境が変わることを恐れていても、成長しないだろうしね。あれこれ考えるより、行動するほうが性に合っているっていうか」

彼の話を自分に置き換えて考え、苦笑した。

「すごいですね……。私は、『こうなっちゃったらどうしよう』って悪いほうにばかり考えがいってしまって。実際、私の能力なんて高いものでもないし、できることも限られているし……」

案ずるより産むが易しとか言っても、私は考え過ぎて身動きすらできない。

「今日も昨日も……春からずっとだめなままで。最近はもう、行動するのも怖くなるときがあるっていうか」

できないことや不確かなことに対し、『できる』とは言ってはいけないと思っている。確実に約束できることだけを、慎重に言葉にして伝えるように気をつけている。だから、浅見さんのように考えるよりもまず先に行動するということは、私にはほぼあり得ない。

自分の弱さに項垂れていると、浅見さんの凛とした声が届く。

「アメリカでは〝Yes, I can〟の精神が普通だよ。なにに対しても、まずは『できる』って口に出すくらいね。瑠依は自分でチャンスを逃してる。可能性を狭めているんだよ」

彼の言葉は、私の顔を自然と上向きにさせた。でも簡単に頷ける話じゃなくて、咄嗟に反論する。

「私にはとてもそんなことは言えません。仕事でそう言っておいて失敗したら、自分だけじゃなく周りにも迷惑がかかってしまうから」

私の言い分は、彼にとっては逃げに聞こえるのかもしれない。とはいえ、それが私にとっての現実で、変えられない事実。

瞳を揺るがせながら言い返した私に、浅見さんは呆《あき》れることもなく、おおらかな態度で答える。

「まだ少ししか一緒にいないけれど、君はとても心が繊細で、我慢強い。そのせいか、相手に対して異常に気を遣い過ぎに思える」

ふんわりとした優しい目をするかと思えば、こんなふうに力強さも見せる。彼の真剣な眼差しと落ち着いた声は、人を惹《ひ》き込む力を持っている。

「人に迷惑をかけるのも当たり前だ。お互い様だし、気にしなくてもいいんだよ。それと、もっと自分を信じて」

言われていることは至極単純なこと。それを、なぜ今まで自分で自分にそう言ってあげられなかったのか。そして、どうして彼の言葉だと、こんなに素直に受け止められるのか。

「大丈夫。瑠依は頑張ってる」

浅見さんはニッと口角を上げ、私の両手に手を重ねた。『頑張ってる』という言葉が上辺だけだったとしても、今の私には最高の慰めだった。

「ありがとうございます。私、なにも取り柄がない上、頑張っていることすら伝わらなくて。でもそれは、私がまだ頑張り足りないからかなって悩んだりしていて……」

こんなところで泣いたらだめ。私の声と手。お願いだから、震えないで。

「だから、浅見さんに『頑張ってる』って認めてもらえただけで、もう」

「瑠依になにも取り柄がないなんて思い込みだよ。日本人は謙遜する人が多いみたいだけれど、瑠依はそうじゃないね。本心だ」

浅見さんは片時も目を逸らさず、私の手をぎゅっと握る。

「瑠依は自立しようと努力しているし、仕事にも真摯に向き合っている。なにより、心が綺麗で優しい」

「そんなこと……」

「じゃなきゃ、俺に二回も付き合って食事なんかしないよ」

彼は「ふっ」と笑って、さらに続ける。

「そういうところが好きだけど、約束してほしい。だれとでも、ふたりきりで食事に行ったりしないで。なにかあったらと思うと心配だ」

浅見さんは、きっと女性にこういう言葉をかけることに慣れているだけ。生まれ育った生活環境が違うから、私はそんな彼にちょっと驚いてドキドキしてしまっているだけ。

自分の心拍の速さに、『落ち着け』と言い聞かせる。しかし、浅見さんは温かい手を離そうとしない。そうして、さらに私の心を掻き乱す。

「自分のことを棚に上げているのはわかっている。でも、瑠依は人を信じ過ぎるタイプで心配だから。まあ、俺の嫉妬と独占欲もあるけれど」

浅見さんの濃い色をした双眸が私を捕らえて離さない。自分の気持ちが大きく揺らいでいるのを感じる。唇を動かすことも忘れた私を見て、彼は穏やかに眉を下げた。

「つい話し込んじゃったね。お腹も空いてるし、早く注文しようか」

真に受けるな。だって、こんなに素敵な人だもん。本気にしちゃ痛い目を見る。

それに、彼はリミットがある人なんだから——。


店を出たときは、もうすぐ日付が変わるというところ。明日も仕事だけれど、あのまま帰宅しているよりはずっといい。

「今日はありがとうございました。気分転換になったし美味しかったし、誘っていただけてよかったです。だけど、本当にいいんですか……？　この間もごちそうになったのに……」

浅見さんは、おどおどする私に笑顔を向ける。

「瑠依は本当に甘え下手だな」

「いえ、それとこれとはまた違うかと……」

浅見さんは今回もやっぱり支払いには応じてくれなくて、どうも気持ちが落ち着かない。

思えば、学生の頃に付き合っていた相手とは初めから割り勘だった。社会人になってから唯一の彼氏だった由人くんも、飲み物代くらいは払ってもらったことはあっても外食や出かけるときの費用は、ちゃんと半分ずつにしていたから。

「同じだよ。仕事ならまだしも、オフのときくらいだれかに甘えないと。まずは俺に甘えられるようになればいい。そうしたら、なんでも自分で背負い込むような性格が少し変わるかもしれない」

浅見さんに甘えるだなんて、あまりにハードルが高過ぎる。そう思って目を丸くしていたら、浅見さんは辺りを見回し始めた。

「タクシー捕まるかな」

平日だから空車はあるだろう。しかし、すぐそばの道路にタクシーは見当たらない。

「もう少し大通りまで出たらすぐ捕まりますよ、きっと」

私は先導するように大きな通りまで歩き進める。手を上げるとすぐにタクシーが停まった。開いた後部ドアに手を添え、テキパキと浅見さんを促す。

「先にどうぞ。私もすぐ次の車を捕まえますから」

すると、浅見さんは驚いた顔をしてこっちを見ていた。不思議に思って見つめ返していると、彼は軽く握った手を口もとに添え、おかしそうに声を漏らして笑う。

「女の子にエスコートされるのは初めてだな」

浅見さんの目には、私の姿がさながら宿泊しているホテルのドアマンのようにでも映ったのだろう。確かに、接待なんて数えるほどしかしたことはないが、いつでもそれと同じような気持ちで仕事に臨んでいる。それがこんなときも出てしまったんだなと思うと、なんとも言えない複雑な気持ちになる。

「その役は俺」

浅見さんはそう言って微笑み、ドアに置いていた私の手をスッと取った。まるで淑女のような扱いに、恥ずかしさで頬が赤く染まる。手をグッと引かれ、咄嗟にこのまま手の甲にキスされるかと思った。

彼は口をパクパクとさせる私に、柔和な眼差しを向ける。

「ひとりで帰すのは心配だから、俺も一緒に行く。どうしても自宅を知られるのが嫌だって言うんなら諦めるよ」

「そ、そういうことはないですけれど……浅見さんが大変ですよね？」

こういうふうに女性扱いされたことなんかないから困惑する。彼の手のひらに触れている指先が震えてしまいそう。

「ほらまた。すぐそうやって気を遣う。今はただのデートだよ。変な気は遣わなくていい」

「でも」

「瑠依。俺たち、タクシーのドライバーを待たせてるよ」

浅見さんに指摘され、タクシーの運転手にハッと目を向ける。運転手は怪訝《けげん》そうな顔で私たちの様子を窺っていた。私は「すみません」と頭を下げて、浅見さんに視線を戻す。

「どうぞ」

浅見さんに改めて促され、迷いながらも片足を車にのせた。私が奥へ席を詰めると、続いて浅見さんも乗り込む。タクシーのドアが閉まり、運転手に行き先を尋ねられて流されるように答えた。

車が私の自宅へ向けて走り出してすぐ後悔する。浅見さんだって明日仕事があるだろうし、これ以上迷惑をかけられない。

「やっぱり、私降ります。浅見さんってこの辺りのホテルなんですよね？　だったら遠回りになるし、お金も時間もかかるだけですから」

さっきはタクシーを待たせていたのもあって勢いで乗ってしまった。でも、冷静になればなるほど、ここまでしてもらう理由が思い浮かばない。

「すみません。止め――」

車を止めてもらおうと前傾姿勢にした瞬間、浅見さんが私の肩に手を置き、体勢を戻される。吃驚して彼を見ると、やおら口の端を上げた。

「初めて見る景色は新鮮で、時間もあっという間に経つ。お金も、このくらいは経費で落とす必要がないくらいには持っているつもりだよ」

浅見さんは冗談めかして言うと、足を組んでフロントガラスの方向を眺め、「それに」と続ける。

「〝Time is money〟……時間は限られている。だからこそ、俺はその時間を瑠依と一緒に過ごしたいと思った」

「……そこまでの価値が私にあるかどうか」

いや、ないでしょう。

心の中で自分をバッサリ斬り捨てる。手のひらの一点を見つめ、それを軽く握った。

「俺が今まで見てきた女性は、みんな自分をしっかり持っていて、強くて、基本的には後ろを振り返らないような人ばかりだった」

浅見さんが突然話し始めた内容には、『そうなんだ』と感心させられ、『そうなってみたいな』と羨ましくもなった。

「同時に切り替えも早い。それは仕事でもなんでも。彼女たちの思考は、常に変化しているんだと思っていた」

「……そうなんですね。その方たちと比べたら、私はまだまだ子どもですね」

なかなか過去を振り払えず、引きずったまま。彼が例に挙げた大人の女性からは、ほど遠い。

「いいなあ……」

私は自然と、羨望の心情が口から零れ落ちていた。

「どうして？」

「えっ？」

不意に横から飛んできた疑問の言葉に驚き、顔を上げる。暗い車内でも浅見さんの瞳にはなぜか光が射していて、一度目が合うと逃れられない。

「いえ。単純に……常に前を見て、そのときどきの状況に対応して変化できるほどの力がすごいな、羨ましいなって」

苦笑いして答えると、珍しく浅見さんのほうから視線を逸らした。彼は再びフロントガラスから景色を眺める。私は彼の横顔を見つめたまま。

少しして、浅見さんの口がゆっくり開いた。

「あっさりしていて後腐れのない性格は、楽だけれど深くは刻まれない。昨日まであった景色が、次の日にはまるで夢だったかのようになくなっている」

それはたぶん、彼の経験なのだと直感した。言葉に思いが込められているのがわかった。どこか寂しそうに感じる微笑みが、よりそう思わせる。

「それまでの現実がなくなる。まるで泡沫《うたかた》みたいに」

話をしているときには、いつもまっすぐ黒い双眸を向けてくる。しかし今、彼の目は私を映していない。きっと、夜道の景色だって視界に入っていない。おそらく、なにか別のものを投影して見ていると思った。

「成長しないことと変わらないことというのは、必ずしもイコールではないと思う。毎日同じように過ごすことにも、努力と忍耐が必要だろうし。それに、俺は変わらない瑠依に目が留まったんだ」

「変わらない私に……？」

それっていったいどういうことだろう。喜んでいいのかな？

「頭の中はその日の仕事でいっぱい。絶対つらい日だってあるはずなのに、いつも背筋を伸ばして、意思は前を向いていて――すごく綺麗だと思った」

「綺麗!? あ、あり得ません！」

「あり得るから俺は瑠依を見つけたんだろう？」

即答されると返す言葉も見つからない。気づけば、いつの間にか浅見さんの顔は私に向いている。改めて見た彼は、ついさっきの微妙な表情ではなくなっていて、極上の笑みを浮かべていた。

「いつも変わらずにいてくれるっていうのが、うれしかった。うまく言い表せないけれど……なんだろ。いつでもそこにいる安心感っていうか」

そんなふうに朗笑されたら、疑う余地もなくなる。

「どんなになっても、いつもと同じように受け止めて、抱きしめてくれそうだ……って。瑠依を見てそう思ったんだ」

今言ってくれた言葉を、全部鵜呑みにしてしまいそうなくらいに――。

彼と彼女

うちの会社では週に二、三度、営業が朝に医薬品卸売会社へ直行するようにしている。卸にいる人は私たちにとって、医薬品を適正に使用してもらうために日頃から情報交換をしながら協力し合う大切なパートナー。信頼関係の構築が大事だと教わった。

卸に着くと、まずは支店長に挨拶。それから課長。そして、営業社員。

「おはようございます、紺野《こんの》さん」

「あ、城戸さん。今日はどこに行く予定？」

私より五つ年上の紺野さん。彼とは私が入社してすぐからの付き合いで、当初緊張していた私も、今では気軽に話ができるようになった。明るく人柄もいいから、気軽にいろいろな話ができる相手だ。紺野さんはいつも挨拶代わりに、私のスケジュールを聞いてくる。

「笹川《ささかわ》先生と約束しています。もうすぐ説明会もありますし」

「笹川先生か。そういえば昨日俺が行ったときに、出身地の話になって。同じ九州だー、なんて盛り上がったよ」

「え！　そうなんですか」

　私が感心したわけは、笹川先生とはあまり話が盛り上がった試しがないから。人当たりがよくて話も上手な紺野さんだからなんだろうな。

　羨望の眼差しを向けつつ、話を続ける。

「ていうか、紺野さんって九州出身だったんですね」

「知らんやった？　最初は油断しよったら、方言出ちゃうから気ばつけとったばってん、今はもう慣れたちゃ」

　突然紺野さんの口から方言が飛び出てきて目を丸くする。なんだか私の知る紺野さんじゃなくて、別の人みたい。

「そんなに驚かなくても」

「あっ。す、すみません。意外過ぎて」

　驚いている私を見て、紺野さんはケラケラ笑う。

「キャラ変わって感じるよね。逆に地元のやつらからは、標準語を喋ってるとからかわれるし」

「そうなんですね。でも確かに、話し方でイメージって結構変わりますもんね」

　紺野さんの話に小さく頷いて納得する。そんな雑談をしながら時計を確認した。

「あ、もうこんな時間。お忙しいのに失礼しました」

頭を下げると、紺野さんの差し出した手が視界に入る。私がそっと手を重ねると、彼は軽く握って言った。

「今日もお互い頑張ろう」


紺野さんに会ったあと、一度出社してから笹川先生に会いに向かう。

病床数二百のこの病院は、内科をはじめ、循環器科や呼吸器科、外科など約十の科がある。私は二階の循環器科と呼吸器科のある病棟を訪れ、笹川先生に挨拶をした。

「おはようございます。ホープロエクスの城戸です」

「ああ、そういえばそんな約束していたな」

背筋をピシッと伸ばし、深々頭を下げるも素っ気ない声が返ってくる。

六十歳手前の笹川先生は大抵今と同じような反応で、実は苦手。特別嫌味を言われたりするわけではないのだけれど、どうも取っつきにくい。

「あっ……朝の貴重なお時間をすみません」

内心ビクビクしながら、笑顔をどうにか作って返す。沈黙になるのが怖くて、すぐに用件を口にした。

「来週の説明会ですが」

「そう何度も確認しなくても覚えているよ」

するとと、小さなため息交じりに言われてしまって萎縮《いしゅく》した。言葉に詰まる私に、笹川先生は思い出したように顔を上げた。

「時間は昼だったな。君が弁当を用意するんだろ？　最近鰻《うなぎ》が食べたくて。ちょっと早い夏バテかな。忙しくて食べに行けないいし、頼んでみてくれないかな」

「えっ……」

「千秀屋《せんしゅうや》という店は有名だから知ってるだろ？　どうかな？」

ゆ、有名？　私は聞いたことない店だ。そうかといって、知りませんって言える雰囲気じゃない。目の前で携帯を出して調べることもできない。だからって、安請け合いも……。

動揺のあまり、どうするのが正解か瞬時に決められない。そんなとき、ふと頭に過ったのは浅見さんの言葉だった。

──『アメリカでは〝Yes, I can〟の精神が普通だよ』

胸がドクンと脈打つ。震えそうになるのを必死に抑え、どうにか口を開く。

「わかりました」

……言ってしまった。できるかどうかもわからない約束をしてしまった。激しく騒ぐ心臓にどうにかなりそう。

緊張し過ぎて、挙動不審になっていないか不安になる。

今聞いた店名を手帳にメモし、笹川先生を見ると、少し機嫌のよさそうな表情。それを見て、ふっと思う。

この流れなら、少し会話ができるかも……。

「あのっ。笹川先生は、九州のご出身だとか！」

勢いをつけて言葉を発したせいで、語尾が強くなる。笹川先生は私を見上げ、ぽかんと固まった。私はハラハラしながら反応を待つ。

「知ってたんだ。住んでいたのはもう何十年も前だけどね。そうそう。偶然にも、この病院には九州出身のドクターや看護師が多いんだ」

しかし、今まで見たことないほど和やかな雰囲気で言葉を返され、拍子抜けした。

「そうなんですね。それならお話も盛り上がるのではないですか？」

「そうだなあ。この間も故郷の味の話に花が咲いていたよ」

よかった。一歩踏み出しただけで、こんなに相手の対応が変わるなんて知らなかった。いつもと同じ十分程度の時間が早く感じられる。今日に限っては、まだ足りないというほどだった。

　私は朝イチで訪問した笹川先生と話が弾んだことで、一日軽い足取りだった。

　ほぼ予定通りに病院を訪問し終え、会社に戻ったのは夜の七時前。肩にかけていたバッグをドサッと下ろし、ひと息つく。

　そうだ。お弁当を発注しておかなきゃ。笹川先生、なんて言ってたかな？

　椅子に座ったのも束の間、バッグの中から手帳を取り出した。手帳をパラパラ捲《めく》り、走り書きした字を見つけると、すぐさまパソコンに打ち込んだ。

「……え？」

　無意識に声が出た。画面に双眼を近づけ、何度もスクロールを繰り返し、確認する。

　この店って都内じゃないの？　ここまで配達してくれるかどうか。いや、その前に金額があまりに高過ぎる！　仮に予算内に収めるように交渉したって、見栄えが悪くなるのは確実だ。

　唖然《あぜん》としてサイトを眺め、冷や汗が流れ始める。頭の中は『どうしよう』という言葉だけがぐるぐる回り、唇を噛んで俯いた。

　やっぱり、私なんかが一朝一夕に真似できるわけがなかったんだ。

浅見さんの言葉を思い出して、自分の不甲斐なさに落ち込む。

今さら、『用意できません』って言えない。だって、あんなに機嫌のいい笹川先生を初めて見たし……。でも、じゃあどうすれば……。差し迫った説明会のことだ。後回しにすることはできない。

私は苦悶の表情でパソコンに張りついた。


そのあともしばらく報告書をそっちのけで、仕出しの件に付きっきりになっていた。いろいろと考えたり調べたりしたものの、解決策は出なかった。

通常の業務が思うように進まず、大量の仕事を持って会社を出た。今は十時過ぎ。家に着くのは十一時頃だろう。疲れているけれど、後回しにしていた仕事をこれから片づけなければ。

とぼとぼと駅へ向かっている途中、一本の電話が入る。見ると【浅見 総】と表示されていて、私は電話に出るのを躊躇った。

別に浅見さんのせいにしているわけじゃない。ただ、彼のアドバイスを活《い》かしきれない自分が情けなくて、どう言葉を交わしていいのかわからない。

そんな中、急《せ》かすように鳴り続けるコール音と道行く人の視線に負け、電話を取る。

「も、もしもし……」

『瑠依』

耳もとで聞こえる声は、とても優しく響く。それは、つい気持ちが緩んで泣きそうになってしまうほど。

「はい。どうかしましたか？」

『いや、今朝いつもの場所で瑠依を見かけなかったから』

「ああ……。今朝は社に行かず、卸へ直行したので」

どうにか気丈に振る舞って返答するものの、ちょっと声が震えてしまった。これで泣き出しそうな顔を見られたなら話は別だけれど、電話だし、きっと気づかれない。大丈夫。

『そっか。瑠依が心配で出待ちでもしようとしていたんだけど、仕事が今までかかってしまって』

浅見さんは冗談交じりに言って笑い、少しの間を置いて真剣な声色で続けた。

『だからせめて、声が聞きたくて』

浅見さんの発した音は、スルッと耳孔を通り、胸の奥に落ちてきて身体全体に広がっていく。

どうして、そんなに必要としてくれるの？

つい嗚咽《おえつ》し、言葉を詰まらせる。

『……瑠依？』

不審に思ったんだろう。浅見さんは少し戸惑った様子で私の名を呼んだ。しかし、私は一向に声を出せない。見えるわけもないのに、無言で首を横に振るだけ。

『瑠依。なにがあった？』

すると、今度は少し強めに問い質される。

だめだ。この人には、なぜかみっともないところばかり見せてしまう。もっとしっかりしなきゃ。自分の仕事観を確固として持っているような浅見さんだ。こんなに何度も弱音を吐いていたら呆れられる。

瞼を閉じ、すうっと息を吸い込んだ。

「いいえ。なにも」

『嘘だ。今どこ？』

平気な自分をうまく演じられたと思ったのに、即座に切り返され、たじろいだ。眉を寄せ、返答に困っている私に浅見さんは懇願する。

『頼む。瑠依。答えて』

どこか甘やかで、情に訴えるような声に私は降伏した。

「……会社を出たところに」

『じゃあすぐだ。待ってて』

浅見さんの押しに負けたなんて嘘。私が彼に会いたいんだ。

通話が切れてもなお、携帯を耳に当てたまま、その場に立ち呆ける。

数分後。後方から駆け寄ってくる足音に、手を下ろしておもむろに振り返った。

「瑠依！」

スーツ姿の浅見さんは顔を合わすなり、両手を私の頬に添え、まじまじと見てくる。

「どうして泣きそうな目をしている？」

彼は形の整った眉を寄せ、憂色を浮かべる。本当に気にかけてくれているのがわかって、私は嘘をつくことやごまかすことをやめた。

「頑張って、今までとは違う自分を見つけてみようとしたんです……結果、そううまくはいかなくて。大成功はできなくても、やっぱり無難に進めたほうがよかったんだって……」

今までの私なら、なにも考えずとも手堅い道を選んでいた。それなのに、なにを勘違いしたんだか、別の道でも容易に進んでいけると過信した。

「石橋を叩《たた》いて渡るような性格の私が挑戦するなんて、無理な話だったみたいで……。どうしようっ……」

まだ解決していない問題を思い出す。私は浅見さんの手から離れて俯き、両手で顔を覆った。

時間を巻き戻せるなら、今朝からやり直したい。

現実から逃げたい一心で、瞼をきつく閉じた。そのとき、現実から目を背けるな、と言わんばかりに、浅見さんは私の両手を外す。

「保守的になっていたら、その気持ちが足枷《あしかせ》になる。いっそ全部捨ててしまえばいい。新しい方法が必ずある」

私はうっすら瞳を開ける。浅見さんが私の顔を覗き込んで言った言葉を、ゆっくり頭の中で噛み砕く。

「全部……？　それが、今までの浅見さんのやり方ですか？」

「もちろん、過去を活かすのも大事だ。だけど、一発逆転を狙うなら、そのくらいの発想の転換が必要だと思ってやってきた。古い考えを持つ人間の顔色ばかり窺っていても、会社のためにはならない」

やはり浅見さんは、親の七光りだけで今の地位に就いているわけじゃないと思う。

こんなことを言えるくらい、この人も苦労と努力をしてきたんだ。

「非情だと思う？　これまで積み上げてきたものを否定するようなことを言ってるもんな」

浅見さんは少し俯いて、微苦笑をたたえる。

「……いえ」

過去に似たようなことを言われたことを思い出した。それは学生時代、高得点のテストを父に見せたときだ。父には『百点が取れなかったら零点と同じ。全部忘れて、一からやり直せ』と言われた。

これまでいくら積み上げてきたとしても、結果が期待に添えなかった場合はまたゼロから始めるしかないんだと思った記憶がある。

でも結局、父の〝百点〟には応えられなくて、私は今ここにいる。

「そういう選択をしなければならない立場の人もいるのだと、私なりに理解しているつもりですから」

父を含め、おそらくそういう人たちはたくさんいる。私はそうなれないから、こうして今でも小さなことで躓いては悩んでいるんだ。……だけど。

「浅見さんが非情な人だなんて、思えるわけがありません」

私の両手首を優しく掴む浅見さんを見つめる。父は悩んでいる私に合わせることはしなかったけれど、この人は違う。

「……どうして？」

「だって、いつも親切だし気遣ってくれていると思うから。仕事については、直接見聞きしたわけでもないですが、たぶん浅見さんは周りの人へのフォローを忘れない人だと思います」

傲慢な人には思えない。差別する人だとも感じられない。だから絶対、非情なんかじゃない。

穴が開くほどジッと見つめて言うと、浅見さんが手を離し、吹き出した。ここは笑うところだろうか？と不思議な気持ちで目を瞬《しばた》かせる。

「ああ、ごめん。やっぱりなと思って」

目尻に皺《しわ》を作る無垢《むく》な笑顔に見とれる。無邪気な笑い顔は彼の肩書きなど、一瞬で忘れさせる。

「第一印象と変わらない。瑠依は言葉も眼差しも、いつもまっすぐだな。綺麗なのは瞳だけじゃなく心もだ」

「まっすぐなのは浅見さんじゃないですか。芯があるのを羨ましく思います」

いつも迷ってばかりの私は、しっかりした意志を持っていそうな浅見さんにどうしても惹かれる。

浅見さんは口角を上げ、手にしていたコンビニの袋を私に差し出した。

「ありがとう。大したものじゃないけど、褒めてくれたお礼にこれあげる。コンビニで地域限定のおにぎりっていうのが展開されていて、興味をそそられたんだ」

「そんな、お礼って！　これ、浅見さんの夜食なんじゃないんですか？　それに、こっちのほうがいつも助けられて、私こそなにかお返ししたいくらいです」

やや強引に手に渡された袋を返そうとするも、当然受け取ってはもらえない。もらってばかりで困ったな、と視線を彷徨わせていると驚くことを言われる。

「じゃあ、またデートして。今、俺が望むのはそれだけ」

「え……」

顔を上げたのと同時に、浅見さんは右腕で私をグイッと引き寄せた。軽く抱かれたまま、頭上に落ち着いた声が響いてくる。

「仕事、うまくいくように祈ってる」

それは、頭のてっぺんから降り注がれた魔法のよう。

本当、不可思議。どんな窮地に立たされていても、浅見さんの言葉だけでどうにかなる気がしてしまうのだから。

あのあと、浅見さんはまだ仕事が残っていて私を送っていけないことを嘆きながら戻っていった。

自宅に着いて重いバッグを置き、ラグの上に腰を下ろす。あのまま帰ってきていたら、冷静さを欠いたまま朝までパソコンと向き合っていたかもしれない。今、気持ちが落ち着いているのは、明らかに彼のおかげだ。

「お腹空いた……」

ひとりきりの部屋でぽつりと漏らし、コンビニの袋を覗き込む。入っていたのは天むすと味噌焼きおにぎり。それと……。

「玉露？」

ペットボトルを手に取り、思わず笑った。

浅見さんって、好みが渋いっていうかなんていうか。ブラックコーヒーにサンドイッチとかが似合いそうな人なのに。蕎麦が好きだったり、焼き鳥屋を選んだり。このおにぎりも、本当は食べてみたかったんだろうな。

ローテーブルにおにぎりとお茶を並べながら彼を思う。

「味噌焼きおにぎりは宮城県なんだ」

書いてある文字を読んでからフィルムをペリペリと剥がし、「いただきます」とひと口頬張った。

「あ。あっためるの忘れた」

あまりに空腹で、なにも考えずに開けてしまった。このままでも美味しいけれど……天むすは温めよう。

行儀が悪いとはわかっていながら、味噌焼きおにぎりを口に入れながらレンジに向かう。スイッチを押し、温められている天むすを眺めながらボーッとしていた。パッケージに書かれている言葉を何気なく読み上げる。

「地域限定……か。ん？　地域……？」

ふとつぶやいたあとに、あることが閃《ひらめ》く。

浅見さんがさっき言っていた。『全部捨ててしまえばいい』と。こうなったら一か八か。やってみるしかない。

私は天むすを放っておいて、パソコンを開いた。不安に押しつぶされそうなのをどうにか堪《こら》え、レンジの温め終了音も無視してひたすら仕事に没頭した。

夜討ち朝駆けで病院を訪ね、週末まで慌ただしく過ごす。

本来、日曜は休日だけど、翌日に控えた説明会の資料や原稿を自宅で何度も確認しては直しを繰り返していた。

できることはやった。あとは、当日うまくいくことを祈るのみ。口もとを引き結び、原稿を見つめる。そこにインターホンが鳴って立ち上がった。

「浅見さん……！」

私は玄関を開けるなり、驚いて大きな声を出す。

「ど、どうして？」

うちの場所を知っているのは、前にタクシーで送ってもらったことがあるから理解できるんだけれど、なぜスーツ姿でここに来てくれたのかが疑問だ。スーツということは仕事だよね。そんな中、電話もせずわざわざ足を運ぶなんて、どうしたんだろう。

浅見さんは手にしていた紙袋を見せながら笑う。

「いや。この間のこと気になってて。なんとなく、今日も仕事してるのかなって。差し入れついでに、一緒にお昼をどうかなと」

「差し入れ……って。浅見さんもお仕事中なんですよね？」

「まあそんなところ。でも今は相棒に任せて、ちょっとだけ休憩中」

「そうなんですか。よければ、どうぞ上がってください」

さりげなく言ったつもりだけれど、実はかなり緊張している。

今、浅見さんのほうから『一緒に』って言っていたし、休憩中ならほかの場所に移動している時間もないかもしれないし……と言い訳を並べて、家に誘ったことを正当化する。

浅見さんは、「ありがとう」と満面の笑みを浮かべる。うちの狭い玄関に足を踏み入れ、私との距離がグンと近くなっても、彼には大きな動揺ひとつ見られない。こんなに感情が乱されているのは私だけ。だから、変な期待なんかしない。持ってきてくれたものを、平常心で一緒にただいただこう。

受け取った紙袋の中身は、コーヒーとサンドイッチ。よくよく見れば、これはいつも通りかかるカフェの袋だ。テーブルの上を片づけ、紙袋から中身を取り出す。

「美味しそう」

色の綺麗な野菜とベーコンが挟んであるＢＬＴ。コーヒーはアイスとホットがひとつずつ。

「あ、コーヒーはどちらを？」

「瑠依が先に好きなほうを選んでいいよ」

「……じゃあ、アイスコーヒーで」

好きなほうと言われたが、浅見さんはどっちが好きかを予想して反対のものを選んだ。確か初めて電話で渋谷に呼び出されたときに、ホットコーヒーを飲んでいたから。

ふたりで小さなテーブルを挟んで向かい合い、コーヒーを口にする。

テイクアウトのコーヒーを飲んでいるだけなのに、どうしてこんなに絵になるんだろう。そういえばこの間、浅見さんに似合うと想像したサンドイッチとコーヒーだ。すごい偶然。

私が浅見さんを盗み見ていると、彼がラグの上の資料やパソコンを眺めて言う。

「まだ仕事中だったみたいだね。邪魔してごめん」

「あ、いいえ。一段落ついたところだったので」

仕事は本当にひと区切りついたから平気。それよりも、普段から部屋をもう少し綺麗にしておけばよかった。決して汚くはないはずと思いつつ、やっぱり完璧な部屋に招き入れたかったと日頃の生活を後悔する。

なんだか落ち着かない気持ちで正座していると、浅見さんが「食べて」とテーブルのサンドイッチを私のほうへ寄せた。私は「いただきます」と手に取って、包みを開ける。浅見さんはサンドイッチを先にひと口運んだあと、私に尋ねた。

「休みの日は、会社じゃなくて自宅で仕事するのが普通？」

「私は、だいたいそうするようにしてます。会社じゃなきゃできないことは終わらせて、持ち帰れるものは家で。本当はすべて会社で終わらせられたらいいんですけど」

「そう。ほかの社員もそんな感じ？　先輩とか上司とかは？」

「先輩もたまに出社しています。上司は……ほとんど休日は出てこないかな」

先輩や部長を思い出し、宙を見つめて答える。

「ふーん。じゃあ上司なんかが休日に姿を見せたら、目立って仕方ないね。みんな仕事しづらくなるんじゃない？」

「でも、うちの上司は威圧感とかないですよ。あっ。その、影が薄いとか悪い意味じゃなく！　優しいっていう意味で！」

「ははっ。俺に必死に弁解しなくても」

浅見さんは顔を横に向け、ケラケラと笑った。

そのあとも、仕事についてや、なんてことのない話をしながら過ごす。浅見さんがサンドイッチを先に食べ終えそうなとき、彼の携帯が短く音を上げた。浅見さんは瞬時に表情を引きしめ、携帯をチェックする。どうやらメールだったようだけれど、特に返信する様子は見られない。彼は最後のひとかけらを口に放り込み、包み紙をカサッとテーブルに置いた。

「そろそろ行かなきゃ」

「お忙しそうですね。もう頑張っているとは思いますが……頑張ってください」

立ち上がった浅見さんに続いて、自分も食べかけのサンドイッチを置いて立ち上がる。彼の横顔に言うと、少し間を空けて微笑みかけられた。

「瑠依に言われたら、どんなに疲れていても頑張れるな」

ごく自然に額へキスを落とされる。けれども、彼の様子を見れば、いつもと違ってどこか元気がない。

「お邪魔しました。瑠依も頑張って」

私の直感が当たっているのなら、よほど仕事が大変なのだろう。

そう思いながら気の利いた言葉ひとつかけられず、そのまま浅見さんを見送った。


翌日は気持ちのいい青空。午前中のスケジュールをこなしている間も、このあと控えている説明会のことで頭がいっぱいだった。

たかが十五分程度の説明会。でも、この十五分が大事だ。借りた会議室で深呼吸を重ね、イメージを頭の中で繰り返し再生する。

時計を見て十分前だと確認すると、私は説明会に参加するドクターたちを迎え入れるため、席を立って廊下に出た。パラパラと会議室に人が集まってきて、十分後には用意した二十席がほぼ埋まった。

最前列には笹川先生。机の上には私が用意した資料、ボールペン、そしてお弁当が置かれている。笹川先生の反応に緊張が高まりつつ、平常心を心がけて説明会を開始した。

「本日はお忙しい中お集まりいただきまして、ありがとうございます」

まずは定番の挨拶。限られた時間だから、サクッと本題に入る。

「では、早速ですが医薬品Aよりも医薬品Bを……という理由を説明させていただきます」

すると、ちらほらとお弁当を開いて食べ始める人がいた。ふと、笹川先生を見れば、お弁当をちょうど開けるところ。そのまま先生の顔色を窺っていると、驚いた目をしたあとすぐに小さなため息をつかれてしまった。こっちにチラリと向けられた視線が痛い。だけど、まだ終わっていない。頑張るのはここからだ。

「従来のAと新しいBは副作用の例など確かに似ている部分が多く、大して変わらないのではないかと思われるかもしれません。しかし、資料にあるデータを見ていただければ違いがわかるかと思います」

できるだけ興味をそそる言い回しで簡潔に。動揺を表に出してしまったら負け。私は緊張している本心に逆らって、参加者に満面の笑みを向ける。

「ところで皆さん、お手もとのお弁当に入っている煮物は召し上がりましたか？　筑《ちく》前《ぜん》煮《に》のように見えますが、これは九州は福岡の郷土料理、がめ煮です。懐かしいと思われる方もいらっしゃるのではないでしょうか」

今日用意したお弁当のメインは国産和牛。しかし、スポットライトはそこじゃない。私が何度もお世話になっているお弁当屋さんにかけ合って作ってもらったのは、がめ煮をはじめ、肥後《ひご》田楽や分葱《わけぎ》を使った〝一文字のぐるぐる〟という九州の料理。

鰻は予算などの理由でやっぱり無理だったから、発想の転換をしてみた。思いきってまったく違うものを、と。笹川先生にリクエストされたものではなくなったけれど、きっと外さないであろう内容で準備をしたつもり。

「そっくりですが、筑前煮と工程が違い、油で炒《いた》めないそうです。そのため、じっくり丁寧にアクを取る必要があるとか。これは、今ご紹介した医薬品Bの特徴に似ています」

心臓がバクバク騒いでいる。このままこの病院にお世話になってしまうんじゃないかと思うほど。パワーポイントを操作する手が僅かに震える。

「Aと比べ効果はじっくりとですが、その代わり、適応した場合の効力は非常に高いというデータが出ています」

　全体を見渡すふりをしつつ、やっぱり気になるのは前列の笹川先生。最後に視線を向けると、どうやらずっと私を見ていたようでばっちりと目が合った。

　笹川先生の訴えはどっちだろう。掴みはいいのか悪いのか。でも、ここまで来たら自分を信じて突っ走るしかない。大丈夫。自分以外にも、成功を祈ってくれている人がいる。

「余談ですが、分葱は歯ごたえもよくて美味しい上、活性酸素の発生を抑制する働きがあり、ガンの予防にも効果的だそうです。弊社の医薬品Bも、新しい抗ガン剤として手応えを感じていただけると思います。ぜひ、よろしくお願いいたします」

　私は説明を終えてゆっくり礼をし、目を閉じた。瞼の裏にふっと浮かんだのは浅見さんだった。

　説明会が終わり、会議室からぞろぞろとドクターたちが出ていく。廊下で挨拶を繰り返し、最後のひとりを見送ったあとに「ふう」と息を吐いた。

「約束していたものじゃなかったなあ」

「さ、笹川先生！」

背後に残って立っていたことに気づいていなくて、心臓が飛び出そうなほど驚いた。身体をくるりと向け、すぐさま深く頭を下げる。

「その件は、誠に……」

「久々に食べた。おふくろの味と比べて上品過ぎたけどな」

笹川先生の言葉に耳を疑い、少しずつ目線を上げる。笹川先生は一驚する私をジッと見て、不意に笑った。

「今日の説明会、面白かったよ。新しい薬……使ってみようかね」

「え……」

今、薬を使ってくれるって言った……？

思いがけない言葉に頭がついていかない。口をぽかんと開け、大きくさせた瞳に笹川先生を映す。先生は初めて見るような柔らかい表情をしていた。

薬を採用してくれると言われたら、当然うれしい。しかも、苦手意識があった笹川先生に笑顔で言われたおかげで、何倍もうれしい……！

込み上げてくる思いに目を潤ませるだけで、なかなか言葉が出てこない。

「またきんしゃい」

笹川先生は今まで聞いたこともない親しげな口調で、私の肩に手をポンと置いた。

「はっ、はい！　ありがとうございます！」

私はようやく声が出たかと思えば、意外に大きな声になってしまって、慌てて口を押さえる。そんな失態に対しても、笹川先生は破顔していた。


「お疲れ様です。ただ今戻りました！」

「ん？　今日はえらくいい顔して……もしかして」

夕方六時に帰社してすぐ、部長が私の変化に気づく。

「はい！　採用していただくことになりました！」

毎回鬱陶しいくらい落ち込んだりして、そうかと思えばバカみたいに上機嫌になったりって、部長もこんな部下を持って大変だ。自分で自分を面倒なやつと思ってはいても、うれしい気持ちが溢れ出す。

「説明会でこんなにうまくいったことは初めてなので、もう興奮が冷めなくて」

「そうか。お疲れさん。じゃあ、今日は報告書も捗るかな？」

「そうかもしれません」

上司の言葉に対し、調子にのって答えるくらい浮かれていた。まあ、だれに対してもというわけではなく、部長が優しいって知っているからだ。それでも、これ以上は失礼になりそうだと気を引きしめる。

「ほかのみんなは接待や直帰と連絡があったし、城戸さんもそれが終わったらたまには早く帰りなさい」

部長に言われて周りを見たら、確かにだれの姿も見えない。みんなが直帰とは珍しい。まあ、仕事の仕方によってはあり得なくもないか。

私はバッグを置き、自席の引き出しを開けた。

「はい。わかりました。あ、先月の経費の書類って確か今日まででってことなので、それもやってから……」

気づけば私の横まで来ていた部長が、私の手から領収書のファイルをスッと取る。

「どれ？　貸してごらん。今日頑張ったご褒美《ほうび》にやっておくよ」

「えっ。そんな、部長にやっていただくなんて」

それに、どっちにしても部長より先に帰るなんてできない。そうかと言って、ファイルはすでに持っていかれてしまっている。

どうしようと狼狽えていると、部長は自分の椅子に腰かけて言った。

「今日はどのみち私は遅くなるから気にしなくていい。さ、早くそっちのほうを終わらせてしまいなさい」

「は、はい……。ありがとうございます」

申し訳なさを感じつつ、報告書を作成する。今日のことを思い返しながら進めていくうちに、自然と浅見さんのことを思い出していた。

絶対に今までの私じゃ採用してもらえなかった。結果に繋がるきっかけをくれたのは……浅見さん。あの人のおかげだ。今すぐ、お礼を言いたい。『浅見さんが祈っていてくれたから、うまくいったんです』って伝えたい。

パソコンのキーをカタカタと打つ手を止め、デスクの上に置いた携帯に目を向ける。思えばいつでも連絡をしたり会いに来てくれたりするのは彼のほう。連絡先は知っているけれど、私からしてもいいんだろうか。

画面の隅を見つめ、浅見さんが言いそうなことを想像する。たぶん『全然構わないよ』とか言ってくれそう。そう思っても、浅見さんの生活スタイルをまったく知らない。忙しい時間かもしれない……それでも会いたい。この気持ちは、やっぱり私……。

薄々自分で気づいてはいた。でも、認めたくなかったし、認めちゃいけないとごまかしていた。だって、つい最近まで彼氏もいて、約一週間前に偶然知り合った人をもう好きになるなんて現実的ではない。

点滅するカーソルはずっとそのまま。私は浅見さんを思いながら、彼が言った言葉を思い出す。

――『俺は変わらない瑠依に目が留まったんだ』

ドクンと胸を打ち、一瞬で正気に返る。

変わらない私に興味を持ったのなら、コロッと乗り換えたかのように思いを伝えたら幻滅されるかもしれない。そうだよ。調子よ過ぎ。

私は自分を蔑み、浅見さんへの気持ちにそっとフタをした。


あれから約十五分で報告書を仕上げ、部長に挨拶をして午後七時に会社を出た。

こんな時間に帰宅するなんて、そうそうない。普段からもう少し効率よく仕事ができれば、そんなことはないんだろうな。

いつもなら人の少ない道に、今は多くの通行人が見て取れる。私は行き交う人を無意識に眺めながらゆっくり歩き進めていた。横断歩道を渡り、ふと目を向けるとカフェが営業している。

そうか。いつもカフェが閉店したあとに帰っているから……。今日はまだ早い時間だからやっているんだ。もしかしたら、浅見さんがいたりしないかな……？

そんなことが、何気なく頭に浮かぶ。

さっき気持ちをセーブしたばかりなのに。だけど、偶然会うくらいなら。たまたま再会したときに、今日のお礼を言うくらいはいいよね？

だれになにを言われたわけでもないのに、自分の気持ちを都合よく正当化する。

カフェまで十数メートルのところで足を止めた。

思えば、道行く人を眺めていたのも、心のどこかでその偶然を期待していたんだ。……なんて、狡《ずる》くて都合のいい人間なんだろう。

自分の浅ましい考えに急に恥ずかしくなって、猫背でカフェの前をスタスタと通過する。人混みに紛れるように気配を消し、カフェテラスを過ぎたところで僅かに視線を上げた。そのとき、向こうからこっちに歩いてくる長身の男女に目を奪われる。

男性のほうは……浅見さん……だよね？

距離が縮まるにつれ、女性もはっきり見えてくる。驚いたのは、隣の彼女に見覚えがあったから。

碧い目……！　綺麗な黒髪とはミスマッチな美しい瞳の色は鮮明に覚えている。

あの日、月島総合病院ですれ違った彼女と浅見さんは知り合いだったの？　確かに、女性は目鼻立ちがくっきりとした顔立ちに高い背丈で、純日本人ではなさそう。そうか。浅見さんと一緒にアメリカから来た人なんだ。

ふたりがすぐそばまでやってきて、慌てて顔を逸らし俯いた。

どうか気づかれませんように……！

なぜか鉢合わせるのが嫌で、息をも止めて心の中で祈る。唇をぎゅっと結び、眉を寄せた。ふたりが私の近くを通り過ぎた直後、会話が耳に届く。

「またここへ？　ずいぶん気に入ったのね」

女性の声を聞き、チラリと振り向き様子を窺った。私に背を向けている浅見さんは、ポケットに手を入れ、店の前に出ていたブラックボードのメニューを眺めていた。

浅見さんの一歩後ろに立つ女性は続ける。

「それにしても、総が今回、私を日本にまで連れてきてくれてうれしいわ」

彼女の言葉で、やっぱり浅見さんと一緒に来た人なのだと確信した。

いったいどんな関係なのだろう。ふたりともスーツ姿ということは部下？　そういえば、昨日浅見さんが家に来たときに、『相棒に任せてきた』って言っていた。それが彼女？　だけど、言葉遣いがやけに親しげだし……。

ふたりの後ろ姿を横目で見つめていると、浅見さんが彼女に言った。

「まあ、レナは隣にいるのが当たり前だし、ほかとは違うから」

彼の言葉が耳にこびりついて離れない。知らぬ間に、私は胸に当てていた手をグッと握りしめていた。

「だったら、あまり私をひとりにしないでほしいわ。最近、単独行動が多いし」

「気をつけるよ」

和やかな雰囲気で交わされる会話。それは、どう考えてもただの上司と部下には思えない。いたたまれなくて、半ば駆け出すようにその場から逃げた。

彼女はとても日本語が上手だった。あんな内容なら聞きたくなかったのに、あまりに達者過ぎて全部聞き取れてしまった。

いや。だれのせいでもなく自分のせいだ。自ら立ち止まって、盗み聞きしたも同然なのだから。

駅に着いて改札を通り抜ける。ホームに立って自分の足に目を落とした。

あの日もらった絆創膏を、今でも毎日持ち歩いている。

私が小さなことでもがき苦しみ、頑張っていることなんて、だれも気づいてはくれない。それが普通で、これからもそうなんだと思っていた。私の靴擦れに気づいたり、不器用なりに頑張っていることを認めてくれたりする人が現れるなんて想像もしなかった。

……だから、うっかり好きになっちゃった。

現実って容赦ない。『好きって気持ちを認めちゃだめ』と戒めていた矢先に、あんな光景を見聞きしてしまって、自分の思いに改めて向き合わされるのだから。

さらに、好きだと自身に白状した瞬間に失恋したようなものだ。さっき、ふたりはお互いに相手の存在価値を確かめ合うような会話をしていた。心が繋がっているんだ。

浅見さんは今まで私にいろいろ言ってくれたけれど、特別なのは、あのレナという人なんだろう。それを証明する言葉が彼の口からはっきりと聞こえてきた。

『ほかとは違う』——と。

私の出る幕なんてない。

あんなにお似合いなふたりなんていないって、心から思う。

自制と本音

翌朝は、寝不足のせいでひどい顔をしていた。得意ではないメイクでどうにかごまかし、卸へ向かう。

「城戸さん今日はどこへ……って、なにがあったの？」

紺野さんは私を見るなり、目を丸くして言った。やっぱりメイクが下手で、疲れをごまかせていないんだと気づかされる。

「あ、いえ。ちょっと寝不足で」

「そうなの？　もしかして説明会うまくいかなかった？」

「いいえ。説明会は……」

首をふるふると横に振って否定しかけ、肝心なことを思い出す。

私、昨日は仕事がうまくいって、ものすごくうれしくて頭の中はそればっかりだったのに。浅見さんと、『レナ』と呼ばれていた人を見てから、そのことをすっかり忘れていた。

「説明会はうまくいったんです。紺野さんのおかげです」

「え？　俺？　なにかした？」

「笹川先生と九州出身の話で盛り上がったって聞いていたから、それで今回はうまくいきました。ありがとうございます」

そうだ。たったひとつの採用と思われるかもしれないけれど、舞い上がるほど浮かれていた。なのに、どうにも自然に笑えない。

紺野さんは困ったような表情で笑う。

「そうなんだ。それならよかった。……でも、そのわりに浮かない顔をしているね」

「……根詰めて準備していた疲れが、少し出たのかもしれません」

苦笑いを浮かべ、ごまかすように答えた。本当のことなんか言えるはずもないし、第一、仕事に私情を出してしまうなんて社会人失格だ。

「あまり無理しないようにね」

「ありがとうございます」

こんな私を気遣ってくれる紺野さんを、まっすぐ見ることができない。私は目を逸らすように深々とお辞儀する。

「そういえば城戸さん、春から月島総合病院担当になったんだよね？　昨日、弟のほうの月島先生の噂を聞いて」

紺野さんが真面目な顔つきで話をし始めた矢先、私の携帯が割り込むように音を鳴らした。

「あ、すみません」

表示を見て、普段滅多に連絡なんてしてこない同部署の先輩だとわかり、紺野さんに謝って電話を取らせてもらう。

こんな朝から、しかもメールではなく電話なんて、いったいなにがあったんだろう。

「はい。城戸です」

『あ、真鍋《まなべ》です。城戸さん、営業部のキー持っていってない？　今会社に着いてキーの保管庫を解除したんだけど、空なんだよね』

真鍋さんは焦った様子で説明する。

うちの会社は、出入り規制の必要がある重要な部屋以外は、一種類のカードキーのみで出入りする。朝一番に出社した社員が、キーの保管庫をパスワードとＩＤカードで解除して、部屋のカードキーを手に取る。

営業部は出入りが激しいので、セキュリティには簡単なスケジュール機能を使用し、朝解錠したあとは、終業時間までロックはされずにいる。残業する場合は時間を申請し、最後に退勤する社員がロックをしてカードキーを保管庫に戻すという仕組みだ。

「えっ？　いえ、私じゃないです！　あっ。でも昨日は……」

会話の流れで、昨日は部長が最後まで残っていたんだと思い出す。しかし、すぐそばに紺野さんはいるし、社外で『キーがない』なんて話を聞かれたら大変かと思い、口を噤《つぐ》んだ。

「あの、私すぐ向かいます」

通話を終え、再び紺野さんに頭を下げる。

「紺野さん、すみません。社でトラブルが起きたみたいなので失礼します」

「あ、うん。気をつけて」

私は何度も「すみません」と口にして紺野さんと別れ、急いで会社に向かった。


昨日最後までいたのは、たぶん部長。しっかりしていそうな部長でも、残業は全然しないから、うっかりカードキーを持ち帰っちゃったのかな？

ヒールで走るのは苦手。でも、急く気持ちが勝って、会社の廊下を小走りで向かう。

営業部まで辿り着いたものの、真鍋さんの姿が見えない。首を傾げ、肩で息をしながらドアノブに手を伸ばす。ドアを押し開けてみるとスムーズに開いた。

「あれ……？」

思わず声を漏らし、室内をそーっと覗くと声が飛んでくる。

「あ、城戸さん！　さっきはごめんね！　てっきり昨日も最後は城戸さんだとばかり思って」

デスクの前に立っている真鍋さんが私に向かって手を合わせ、片目を瞑っていた。続けて奥から声がする。

「申し訳ない。ふたりとも」

振り向くと、ばつが悪そうな顔をした部長が頭を掻いて苦笑している。

「あ。じゃあ、やっぱり部長が……」

私の予想していた通りだったんだ。

「昨日、うっかりそのまま持って帰ってしまって。これはバレたら大変だな」

眉を下げて肩を竦《すく》める部長に、真鍋さんが即答する。

「じゃあ、口止め料でなにかごちそうしてもらおうか？　ねえ、城戸さん」

「え！　そんな、私は！」

「冗談だよ、冗談」

あ……冗談か。いや、そうだよね。

軽く笑い、自席に着いた。部長と真鍋さんは和やかに談笑を続けている。

私はそろりと部署を出て化粧室へ向かい、無理に走ってきて赤くなったつま先に絆創膏を巻いた。

毎日のスケジュールを会社に提出しているが、夕方からは月島総合病院訪問とするのがほぼテンプレだ。正直、朝早くから外回りし続け、夕方に大きな病院を回るのは疲弊する。けれどこの時間がここのドクターを捕まえやすいし、頑張らなきゃ。

疲れ顔を隠し、本当は丸めたい背中を伸ばして院内を歩く。

私の癒しである瑛太くんのいる小児病棟に、こっそりと寄り道する。広いデイルームの端の席で、お母さんと一緒にいるところに歩み寄った。

「瑛太くん、なにしてたの？」

「あ！　お姉ちゃん！　ちょうどよかった。これ！」

テーブルでなにかしているようだったから、視線をチラッとそこに向けて尋ねる。

瑛太くんは私を見上げ、白い歯を見せた。

「えっ？　私に？」

ふたつに折った紙を渡され、目を丸くする。だって、私が来ることなんて知らないはずなのに、まるでタイミングを計ったようだったから。

「うん。僕、明日退院するんだ！　お姉ちゃんに渡しておいてもらおうと思ってたの」

「そうだったの⁉　おめでとう！」

得意げな表情で退院の報告をされ、つい大きな声を出した。

なんの繋がりもない他人だけれど、今や本当の家族のような存在だから飛び上がるほどうれしい。瑛太くんは学校が好きだって言っていたから、本当によかった。ランドセルを背負ってニコニコしている瑛太くんを想像するだけで、ちょっと涙が出そうになる。

私は涙を堪え、お母さんにも「おめでとうございます」と会釈した。それから、今受け取ったばかりの手紙を開く。

「うわあ。たくさん漢字を知っているんだね。すごい！」

力強い筆圧で、【いつもあめ玉をありがとう。明日の明日から学校行くから、がんばります。友だちと会いたかったから楽しみです】と書かれている。

自然と頬が緩み、三行の文面を何度も何度も目で追った。

「ありがとう……。あ、そうだ」

油断すると泣いちゃいそうで、ごまかすようにポケットを探る。

いつも飴を用意していた。『どんな味がいいかな』とか考えながら、可愛いパッケージを見つけては手に取って。そういうのも、明日からは必要なくなっちゃうのか……。退院はうれしいことなのに、やっぱりちょっと悲しい。

　ポケットに入れていた飴を右手に全部握りしめ、左手で瑛太くんの両手を取って、その上にのせた。

「ちょっと寂しくなっちゃうけど、瑛太くんが元気に学校行ってるんだなあって思い出して、私も毎日頑張るね」

　瑛太くんの視線の高さに合わせて膝を折り、まだ小さな両手を握って言った。私の寂しい気持ちを気遣ってか、瑛太くんが口を開く。

「でも、たまに〝がいらい〟には来るんだって。そこにはお姉ちゃん来ないの？」

「うーん。あんまり行かないかなあ。いつもここの病棟とか、外科病棟とか。今は泌尿器科まで行く予定だよ」

「ふーん。そっかあ」

　少ししゅんとした姿に胸を痛めつつ、瑛太くんの頭に手をポンと置いた。

「じゃあ、そろそろ行かなきゃ。退院しても、お母さんの言うことちゃんと守ってね。無理だけは絶対しないで」

　とびきりの笑顔で「約束」と小指を立てると、瑛太くんは小指を絡ませ頼もしい返事をする。

「はい！　お母さんを困らせたりしないよ。お姉ちゃんも無理しないでね」

元気な姿で別れられることがなによりも幸せ。そう思うのは、おこがましいかな？

私は治療できるわけでもない。薬を作ることだってできない。ただプロモーション活動をしているだけに過ぎない。

でも、私の仕事も患者の笑顔に繋がっているって思い出し、心から感謝を伝えた。

「瑛太くん、ありがとう」


瑛太くんからもらった手紙をポケットに入れ、泌尿器科に向かう。

本当のところ月島先生に会うのは避けたいけれど、仕事だし、なによりついさっき瑛太くんに元気をもらったから頑張れる。

医局の前で立っていると、月島先生が姿を現した。

「月島先生！　お疲れ様です。今日は新しい献本をお持ちしました」

「あ、城戸さん。待っていたよ」

「え？」

本を持つ手を引っ込め、身体を硬直させる。煙たがられることの多いこの仕事。それなのに、満面の笑みで『待っていた』だなんて言われると、光栄に思うどころか警戒してしまう。そう思うのも、普段から馴れ馴れしい月島先生だからだ。

月島先生を恐る恐る見上げる。

「この間から勧めてくれてた薬。もらってた資料とか、ようやく目を通せたんだ。で、興味が湧いたんだけど……」

構えていたのに、思っていたような下心のある話題ではなく、むしろありがたい言葉に声を上げた。

「本当ですか……！」

月島先生は私の手から本をスッと受け取り、爽やかに微笑む。

「うん。詳しく聞いてみたいなあって思ってはいるんだけれど、今は時間がなくて。今夜なら少し時間取れるけど、食事は規則違反でしょ？　院内でなら話できる？」

『今夜』と『食事』の単語にドキリとしたのも一瞬で、杞憂《きゆう》だった。

前も食事に誘われたし、仕事を理由に連れ出されるかと思った。もしかして、私が過敏になり過ぎていただけで、今までのも、ほかの人から見たら警戒するほどのことじゃなかったのかも。

月島先生のことを悪いほうに決めつけていたと、心の中で反省する。

「何時くらいでしょうか？」

「んー。八時前くらいかな」

きちんと接待規制のことも汲《く》んでくれて、場所も『院内で』ってはっきり言った。

それなら完全に仕事なわけだし、大丈夫だよね。

私は腕時計を見て答える。

「わかりました。では、その頃また伺います」

今はまだ五時前だけれど、この広い病院なら時間はいくらでもつぶせる。まず残りの科を回って、そのあと持ち歩いているパソコンで日報を作成したりすれば……。

頭の中でタイムスケジュールを組んでいる間に、月島先生が忙しそうに先を歩きながら言う。

「じゃあ、直接八階の応接室Bって部屋に来てよ。待ち合わせてから移動する時間がもったいないから」

月島先生は口早に言い残し、白衣を翻して医局へ入っていった。

こんなにあっさりした態度を取られるのは、私が月島先生のところに来るようになって以来かもしれない。今までは単なる暇つぶしで営業の私なんかに声をかけてきていたんだよね。で、私がいつも食事の誘いをスルーするから、いよいよ興味がなくなったとかそんなところかな。それは仕事がしやすくなって好都合だ。

私はひとりでそう考え、ホッと胸を撫で下ろす。バッグを逆側の肩にかけ直し、医局から移動した。


ああ、お腹空いたな。社内なら、おにぎりでも食べながら仕事ができるのに。

ひと気のないベンチの隅に座り、パソコンをポチポチと弄《いじ》る。今周りに人が見当たらなくても、いつ病院関係者が通るかわからない。飲食しているところを見られるわけにはいかないから、もうしばらく我慢だ。

あ、そうだ。部長に連絡を入れておこう。

周りを見回し、携帯電話禁止エリアではないことを確認してポケットから携帯を取り出す。人差し指を画面に落とすのと同時に、携帯が振動した。

「ひゃっ」

あまりにタイミングがよ過ぎて、つい肩を上げて驚いた。静かな廊下のため、振動音も響き、自分の心音も大きく聞こえる。

「えっ……」

自分の携帯を凝視する。なぜなら、着信の主は浅見さんだからだ。

振動を手の中で感じるたび、冷静でいられない。規則的に続く振動に急かされ、咄嗟に【拒否】を押してしまってハッとした。

ど、どうしよう。拒否って相手側にはどう通知されるんだろう。すごく失礼なことをしてしまった。でも仕事中だったし、営業先にいるし……。

おろおろとするも、すでに取り返しのつかない状況。それに、私からは連絡をしないようにしようって昨日決めた。

携帯を見つめ、ぎゅっと握りしめてから部長に電話をかけた。予定外の仕事が入ったので帰社が遅れる旨を伝えると、『直帰していいよ』と言われ、少し気が抜けた。さすがにこのあと会社に戻って、書類を作って……なんてやっていたら、終電逃してタクシーコース確実だもん。

ふと見た腕時計は七時四十五分を指している。約束の時間まで十五分。そろそろ応接室に移動しておこう。

ベンチから立ち上がり、ぴたりと動きを止める。

電話……なんの用だったんだろう。もしかしたら、また電話をかけ直してくれるかもしれない。だけど……。

私は携帯をポケットから取り出し、迷う気持ちで黒い画面を見つめる。そして、意を決して電源を落とした。

エレベーターに乗り込み、八階に向かう。大きな病院だから、応接室とひと口に言ってもたくさんあるはず。私がここの応接室に行ったのは、だいぶ前に先輩と一緒だったときだから、実はあまり覚えていない。

案内図を見て場所を確認する。数メートル歩き進め、【応接室B】というプレートの前で立ち止まった。

廊下には月島先生の姿は見えない。応接室をノックしてみた。

応答はなく、月島先生はまだなのだ、とホッとした。

安堵の息を吐いたのも束の間、気を引きしめてバッグの中からパンフレットを取り出す。今回は急なことでアプローチ方法は全然用意できていない。でも……知りうる知識と話術でいい方向に持っていくしかない。大丈夫。きっと、できる。

心の中でつぶやき、パンフレットを持つ手にゆっくり力を込める。同時に浅見さんが頭を過った。

さっきは、特に用事もなく電話をくれたのかな。

想像するだけで、じわりと心が温かくなる。それは私の意思とは関係なくて、気づいたときにはとっくに手遅れ。勝手に胸に広がっていく。

結局、電源を入れていても切っていても、浅見さんのことばかり気にしてしまう。

苦しい思いに囚われていると、突然背中になにかが触れた。飛び上がって短く声を上げ、後ろを振り返る。

「月島先生！」

「お待たせ。入って」

颯爽と現れた月島先生は、私の背に手を回したまま目前のドアの鍵を開けた。そして、私を先に室内に通す。

「あっ。その、お時間を取ってくださってありがとうございます」

なんだかすごく距離が近いと思いつつも平静を装い、お礼を口にする。それから、部屋の中央にあるテーブルを目指して一歩踏み出した、そのとき。

「つ、月島先生……？」

つい訝しげな顔をしてしまった。だって、月島先生が急に私の手首を掴むから。

月島先生の大きな手はしっかりと私を捕らえ、力が緩む気配は感じられない。ひやりと背中に冷たいものが伝った。

「城戸さんとの時間を捻出するために、すごい頑張ったよ。褒めてくれる？なんて」

意味ありげにクスクスと笑う様は、さっき医局で会ったときと雰囲気が違う。違うっていうか、もとに戻った……？　でも動揺するところを見せちゃだめ。

かろうじて自分にそう命じ、つらっと仕事モードを突き通す。

「あの、弊社の薬の話を」

「そう急がないで。今も言ったよ？　時間はまだあるんだから」

彼は強い力で身体を引き寄せ、私の唇に人差し指を当てる。お互いの顔が近い。これ以上は危険だと頭では判断しているのに、身体が言うことを聞かない。

「あれ？　震えてる？」

弱みを見せたらいけないと思っているのに、あっさりと異変を指摘されて狼狽える。

思いきって月島先生の手を振りほどくも、逃れることができた、と気が緩んだ一瞬の隙をつかれ、正面から抱きしめられる。

肩にかけていたバッグが足もとに落ちた。私はその鈍い音を遠くに聞くだけで、身動きできない。

「ちゃんと薬のことは考えるよ。……このあとでね」

月島先生は耳もとで囁くと、ひとつに束ねていた私の髪をおもむろにほどく。少しだけ身体は離れたものの、まだ完全に月島先生の腕の中だ。

あなたの意に同調する気はない、と意思表示するように下を向く。しかし、容易に顎を持ち上げられてしまった。月島先生は私と目を合わせる間もなく頭を傾け、瞼を伏せる。

「やめっ……んん！」

キスされる直前、顔を背けて両手で力いっぱい月島先生の胸を突き放す。同時に声を上げたら、手で乱暴に口を覆われた。

「ね、冷静に考えてよ。ここで騒ぎになったら面倒くさくない？　それに、気持ちいいことして仕事もうまくいくなんて、一石二鳥じゃない」

妖しい笑顔でそう言って、私の背中を壁に押しつける。必死に突っ張っていた腕は難なく拘束され、壁に縫いつけられた。この状態は、だれがどう見ても完全に私が不利。それでも、強がって月島先生に鋭い視線を向け、口を開く。

「どうしてこんな……っ」

「んー。反動かな？　俺たちはいろいろな面で縛りつけられていることが多いから、いつも窮屈で。ストレス発散のような感じ」

は、反動って……！　ストレス発散って！　そんなの理由にならないでしょう！　っていうか、認められるわけがないでしょう！

「どうせなら楽しくストレス発散したいじゃない。城戸さんって慣れてなさそうで可愛いし、一生懸命なところがいいよね。俺は新薬よりも君のほうが興味あるな」

どんな方法でストレスを解消するかは自由だけれど、勝手に人を巻き込まないでほしい！　全然理解できない。

「もう大人だし、割り切っていいことしようよ。城戸さんにもメリットあるだろ？」

月島先生が片側の口の端を吊り上げる。私の首筋にゆっくり鼻先を埋《うず》めようとしたときに、コンコンとノックの音が割り込んだ。

「しっ。大きな声はだめだよ？　たぶん、だれかが部屋を間違えているんだ」

月島先生は右手で再び私の口を塞ぐと、威圧的な笑顔を向ける。

この自己中な男の手に噛みついて大声を出したら、ここから逃れられる。するべきことはひとつなのに、まるで金縛りにあったように声が出せない。

せっかくのチャンスなんだから……！　しっかりしろ、自分！

バクバクと鳴る心臓に負けないように、すうっと息を吸い込んだ。刹那、バァン！という、ドアが蹴破られる勢いの音に目を大きく見開く。

な……なに……？

今置かれていた状況と別の恐怖が襲ってきた。私は肩を窄め、ドアに視線を向け続ける。その間も激しくドアは叩かれている。

「い、いったいなんだ？」

月島先生もたまらずドアに足を向けてゆっくり解錠し、そっと押し開けた隙間から外を窺っていた。すると、訪問者が強引にドアを引き開け、仄《ほの》暗かった部屋に廊下の光が入り込む。

月島先生の背中で遮られていて、どんな人がそこにいるのかわからない。でも、そんなことよりも、逃げ道は開かれた。早くここから出なくちゃ！

急いでバッグを拾い上げ、出口へ向かおうとした。

「月島先生、ですね？」

「あなたは……？」

月島先生が怪訝な声で尋ねた。けれど、その答えを聞く前に私にはわかった。

「浅見と申します。城戸瑠依を返していただくのに伺いました」

浅見さん……。なんでここに……？

目を剥いて顔を上げる。別の角度から見えたのは、紛れもなく浅見さんだ。月島先生と対峙《たいじ》していた彼は、私と一度目を合わせ、すぐに月島先生へ笑顔を向ける。ニッコリと笑う様は、警戒して険しい表情をしている月島先生と正反対。ふたりの態度があまりにかけ離れていて、違和感しかない。

「は？　これから仕事の話をするために、彼女の了承はもらっていますが」

月島先生は若干苛立った声で浅見さんに答える。それを受けた浅見さんは、私に鋭利な視線を向けた。その瞳は今まで私が知るものとは違っていて戦慄する。

「だけど、触れてもいいとは許可されていませんよね？　彼女をほかのお相手と一緒にしないでいただけますか？」

「なっ……デタラメなことを！　警備を呼ぶぞ！」

浅見さんの言葉遣いは終始柔らか。しかし、さっきドアを壊しそうな勢いで叩いていたのは、確かに彼のはず。初めて見る一面に戸惑いを隠せない。

浅見さんは月島先生の手から、小さなビジューのついた私のヘアゴムを奪い取る。それを手のひらにのせ、視線を落とした。

「警備を呼んで不利になるのはどちらでしょう。奥にいる彼女が証言すれば、あなたの立場が危うくなるのではないんですか？　あなたは女性関係でいろいろな噂をお持ちのようですし、ほかにも名乗りを上げる女性がいそうですね」

いろいろな噂……？　やっぱり、こういうことは日常的にしているっていうこと？

「仮に同意の上だったとしても、職場で行為……となれば問題にはなりますよね」

月島先生は、浅見さんの指摘に言葉を詰まらせる。私が彼に蔑んだ目を向けた直後、そんな軽蔑心を忘れるくらい驚く光景を目の当《ま》たりにした。

あの温厚で優しい浅見さんが、すごい剣幕で月島先生の白衣を絞め上げている。

「二度と彼女に触るな」

それは怒りの籠《こも》った唸り声のよう。浅見さんの低く冷たい声に、私までぞくりと肌を粟立《あわ》たせる。

浅見さんはやや乱暴に月島先生の白衣を離し、今度は私の腕を掴む。

「行こう」

応接室から連れ出してくれた手は強引で、浅見さんが怒っているのが伝わってきた。


浅見さんに手を引かれ、病院をあとにする。

長い足でずんずんと足を進められると、ついていくのがやっと。だけど、なかなか話しかけられない理由はそれじゃなく、浅見さんがあれから一度も私に声をかけるどころか見てもくれないからだ。相当怒っているんだろう。

聞きたいことはたくさんある。だけど、この雰囲気では到底質問なんてできない。

電話の用件はなんだったの？　なんでさっき、あの場に来てくれたの？　昨日の彼女は浅見さんにとって、どういう存在なの……？

次々と浮かぶ疑問。最後に行き着いたのは、あの女性のこと。そこまで思考を巡らせたときに、ようやく彼が口を開いた。

「ボーッとして、なに考えてるの？」

浅見さんが突然足を止め、手をスッと差し出す。私が驚いた目を向けると、そこにあるのは、さっき月島先生から取り返してくれた私のヘアゴム。

「もしかして俺、余計なことした？　彼とはもともとそういう関係だった？　そういえば瑠依が前にそんなことを言っていたしね」

冷たく言い放たれ、私は必死に否定する。

「あり得ません！　さっきのことは、ご迷惑をおかけして申し訳なかったと思っています。けれど私、本当に助かって……」

月島先生と関係があると思われたショックが大き過ぎて、今になって浅見さんが最後に口にした言葉に引っかかりを覚える。

「……あの、『前にそんなことを言っていた』って、私なにか変なこと言いました？」

覚えがないことだから、確かめるのが怖い。恐る恐る尋ねると、浅見さんはヘアゴムを握って手を引っ込め、横を向いてしまった。彼は私を見ずに、ぽつりと答える。

「……この病院には『笑顔で待っていてくれる人がいる』と」

待っていてくれる……？　私、そんなこと浅見さんに言った？

眉間に皺を作り、記憶を手繰り寄せ、ようやくピンときた。

浅見さんと二度目に会ったときに、月島総合病院前で話した内容だ！

私は慌てて訂正する。

「そっ、それは違います！　私は小児病棟にいる男の子のことを言っていたんです」

確かにそんなふうに話したかもしれない。でも、あれは私にとって何気ない会話だった。まさか彼がそんな些細な言葉を覚えていただなんて……。

「小児……。あの子か」

「え？」

浅見さんが瑛太くんを知っているような素振りを見せるから、さらに驚愕する。

きょとんとする私に彼は説明を始めた。

「いや。実は、さっきロビーに入るなり足もとに飴が転がってきて。瑠依が前に持っていたのと同じものだったから、落とし主に思わず話しかけたんだ。『城戸瑠依って知ってる？』って」

瑛太くん？　どうしてロビーまで……あ、もしかして、面会で来ていたお母さんのことを見送ったのかな？

「そしたら、その子に『知らない』って言われて。そんな偶然あるわけないかと思った矢先、『薬屋のお姉ちゃんからもらった大事な飴なんだ』って言われた。それは絶対、瑠依のことだと思った」

　たかが飴玉ひとつ。どこにでも売っているものなのに、初めて言葉を交わす浅見さん相手にそんなふうに言ってくれるなんて、と心が震えた。直接言われるよりも、なんだかずっと胸にくる。

　感動して目を潤ませていると、浅見さんは続ける。

「だから、一応聞いてみたんだ。その薬屋の人がどこにいるか知らないかって。その子は泌尿器科って言うから、それでナースステーションであのドクターのいそうな場所を教えてもらって、八階まで行った」

　瑛太くん、あんなちょっとした会話だったのに覚えていてくれたんだ。窮地に立たされた場面を救ってくれたのは、もちろん浅見さん。けれど、瑛太くんのおかげでもあるのかと思うと感謝しかない。

　私は自分の胸もとを、ぎゅっと握りしめた。ふっと視界に白い紙が映り込む。

「初め、ノックして反応がなかったけど、部屋にいるのは間違いないと思えたのはこれのおかげ」

浅見さんがポケットからやおら出したのは、私が瑛太くんからもらった手紙だった。

「これがドアの下に落ちていたからね」

落としていたなんて気づかなかった。慌てて受け取り、中身を確認する。

「あの、浅見さんはどうして……」

聞かずにはいられなかった。口をついて出た言葉は、もう取り消すことはできない。

レナさんという女性のことはまだ気になっているけれど、今の状況に期待を隠せない。

宛名のない拙い手紙を、私がもらったものだとわかってくれる人。

私のことを見てくれているって、どうしても思わずにはいられなくて。

「電話を一方的に切られるし、そのあとも話し中で……少ししてからかけ直したら今度は繋がりもしない。心配で、気がついたら動いていた」

私を心配して……。彼が私について知っていることなんて、ほんの少しのはずなのに。それでも迷わず探していてくれたの……？

心の奥に閉じ込めていた感情が瞬《また》く間に溢れ出す。

こんな人に一緒にいてほしい。彼の隣にいたい。

堪えきれず、そんな欲望が思考と心を支配する。言葉を選んでいたら、不意打ちで軽く頬を叩かれた。一瞬感じた痛みなんかより、改めて見上げた浅見さんの表情に驚いた。

「危機管理がなってない！　自分の身は自分で守る意識を常に持て！」

眉を吊り上げ、真剣な目を向けられている。怒鳴られたわけではなくても、いつもよりも荒らげられた語尾に肩を上げた。

「ご……ごめんなさい」

私は俯いて小さな声で謝った。

申し訳なくて、不甲斐なくて、彼の視界から消えてなくなりたい。優しい浅見さんを憤慨させた。もう顔を見られない。

唇を噛み、目をきつく閉じた。

身体を強張《こわば》らせていると、突然腕を掴まれバランスを崩してしまう。咄嗟に瞼を開けたときには、浅見さんの腕の中にいた。

「……なにかされてない？」

浅見さんは私を抱きしめて、低い声で聞く。

「あ……だ、大丈夫です」

浅見さんの腕の力に驚いて、たどたどしく答えた。彼は次に、右手で私の髪をおもむろに梳《す》く。

「でも、あいつに触れられたんだろう？」

怒りと悔しさを滲ませたような瞳で見つめられる。その表情に胸が軋《きし》んだ。

「う、腕を掴まれた程度で……」

細い声でさらに返すと、浅見さんは私の髪をひと束掬い、目を伏せて口づけた。

「……間に合ってよかった」

それは、私に言ったというよりも、彼のひとりごと。長い息を吐き、安堵の声でつぶやいた言葉を聞きながら、全身で彼の気持ちを受け止める。強く抱きしめられる腕に、胸が高鳴る。

私も自然と両手が動き、浅見さんの身体にゆっくりと回す。背中に触れる直前、レナさんの存在が脳裏を過った。

……ただ自分の感情に流されて動いたらだめだ。あとで苦しむのは私だけではない。だから、これ以上この手を伸ばしちゃいけない。

私は手を止め、不格好にも宙に浮かせたまま。

「俺、今回で想像していた以上に瑠依の存在が大切なんだって気づかされたよ」

私の気持ちを知りもしない浅見さんは、腕を緩ませることなく言葉を続ける。

「だれにも渡したくない。たとえ仕事と言われても、瑠依にほかの男が必要以上に近寄るのは嫌だ」

「え……」

「瑠依。早く俺のものになれ。君を守れる権利が欲しい」

狭い腕の中で上を向き、視線を交わらせる。浅見さんは照れることも緊張することもなさそうに見える。ほどかれて自由になった私の髪を、片手でスルッと撫でていき、情熱的な瞳を向け続ける。

歯の浮くようなセリフをさらっと言えるのは、育った環境もさることながら、そういうことを言い慣れているのではないかと、つい勘繰ってしまう。それでも、私の心臓は素直に反応してしまって……。

「……狡いです。そんなふうに言われたら、私は頷くことしかできなくなる」

「狡い？　どうして？」

浅見さんは決してとぼけているわけではないって、わかっている。でも、狡いものは狡い。

私は昨日の光景を思い出して瞳を揺らす。それから、意を決して息を吸った。

「昨日、偶然見ました。浅見さんは碧い瞳をしたとても美人な女性と一緒にいて……

彼女が隣にいることが当たり前だ、と言ったのも聞こえました。だから……」

浅見さんが本当にそばにいてほしい人は、私じゃない。それなのに、私も隣に置いておきたいって言うのは、期間限定でという話なの？　アメリカに帰るまでの？

「だから、俺にとって瑠依は唯一の存在ではないって？」

鋭い声に萎縮する。浅見さんを見ることができない。彼は私をさらに力強く抱きしめた。

「彼女……レナは俺の秘書だ。有能でいて、俺と同じような生活環境だったから、話が合うんだ。それ以上でも以下でもない」

「秘書……」

「仕事のパートナーとして確かにレナは必要だけれど、俺がひとりの男として求めているのは、瑠依――君だけだ」

目を合わせなくても、今の声でどんなに真剣に気持ちを伝えたいと思っているかを感じた。根拠もない。説明もできない。でも、私の第六感が『これは彼の本心だ』って言っている。

静かに浅見さんを見据え、自然と疑問を口から零していた。

「なんで、そんなに私を」

自分を卑下したいわけじゃないけれど、特段取り柄もない私に惹かれるのはなぜ？

浅見さんは私の両頬に手を添え、顔を包み込む。

「ずっと気になっていた存在だから」

出会ったときからだ。彼に引力を感じ、気づけば惹きつけられている。それに気づいていた上で、離れようと思っていたのに……。

「さっきの続き。……瑠依、頷けよ」

今度は耳もとに唇を寄せられ、ひどく柔らかな声で囁かれる。こんなに甘く迫られて、拒む力なんかもうない。

ぎこちなく僅かに首を縦に振る。このあと、どうなるかなんて考える余裕もない。

睫毛を伏せていた私の視界に、うっすら笑みを浮かべる彼の口が映り込む。

「んっ……」

次の瞬間私たちの距離はなくなって、感触もにおいも思考も全部、浅見さんでいっぱいになった。

一度唇が離れたときに、少しだけ目を開く。

「やっと手に入れた」

霞んだ中で見えた浅見さんのうれしそうな笑顔に、心拍数がさらに増した。すぐに瞼をきつく閉じれば、再び温かな唇が触れる。

私は、脳内で今見たばかりの満たされた笑みの浅見さんを思い出し、絶対に自分のほうが頬を緩ませているはずだ、と蕩《とろ》ける思考で感じていた。

信用と疑心

いつもなら、今くらいの時間には正直くたくたで、周りの人からは覇気どころか生気すらないように見られているかもしれない。だけど、今日は違う。なぜなら疲れを忘れるくらいに、すごく緊張しているから。時計を見てそわそわし、パソコンに向かっているだけなのに、ずっとドキドキしている。

どうにか通常業務を終わらせ、勢いよく席を立つ。

「お疲れ様でした！　お先に失礼します」

部長はすでに帰っていた。私は残るふたりの先輩に挨拶をして、会社を出た。

もう一度時間を確認する。午後七時半。約束の時間は八時。

十分に間に合うと息を吐き、昨日のことをぼんやり思い返しながら待ち合わせ場所へ歩いていく。

『さっきは驚きました。浅見さんも激昂《げきこう》したりするんですね。いつも穏やかだったから想像できなかった』

『俺も人間だからね。怒ることだってあるよ。イメージと違ってて怖くなった？』

『いいえ。私はやっぱり優しい人だと感じています。本気で怒るのは、相手を思っているからですよね』

『瑠依こそ優しいよ。……だから俺は、その優しさに甘えてる』

昨日、浅見さんに月島総合病院から自宅まで送ってもらっている最中の会話。

月島先生を睨みつけたときの浅見さんは、確かにちょっと怖かった。けれども、それは自分に向けられたわけじゃなかったし、むしろ私のためだったと思うと、不謹慎だけれどうれしい気持ちになった。

私を求めてくれて、唇を重ねたのは紛れもない事実。でも、まだ実感も自信もない。

「瑠依」

「ひゃっ」

キスまで回想してしまっていたところに、浅見さんのリアルな声が背後からして、小さく声を上げた。

「ごめん。だいぶ待った？」

「いいえ。さっき着いたところですから」

昨日別れ際に、『明日、仕事終わってからデートをしよう』と浅見さんが誘ってくれた。今日はそのために仕事を頑張って終わらせた。すごく楽しみにしていたから、多少待たされたって、ちっともつらくない。

「そっか。いや、女の子を待たせるなんて。本当にごめん」

「気にしないでください。それに、待つのは慣れていますから」

思えば、仕事はもちろん、由人くんになんてずっと待たされていた。待たされるどころかドタキャンばっかりで……。

うっかり元彼のことにまで考えが及び、自然と渋い表情になる。すると突然、浅見さんが顔をズイッと近づける。

「仕事は仕方ないとしても、デートで待たされることに慣れたらだめだよ。俺も今後、瑠依を待たせたりしないから」

端整な顔立ちでまっすぐな瞳を見せられたら、きっとだれだって吸い込まれちゃうと思う。片時も逸らされない視線に意識を奪われ、まるでこの場に浅見さんしかいない錯覚に陥りそう。

彼は固まった私の頭に、一度手をポンと置く。そして、極上の笑みを浮かべて私を見つめていた。

タクシーに乗せられて数十分。到着するなり、典雅な建物に圧倒される。

石造りの重厚感ある出入口。建物自体はシンプルに見えるも、照明や装飾が西洋風のレトロなデザインのもので、一瞬異国にいる気さえした。ふと、視界に入ったローマ字を目で辿る。

【Camellia】……もしかして、ホテルカメリア!?

文字を読み取り、驚愕する。

カメリアって、ものすごく有名な高級ホテルだ。存在は知っていても、こんなに間近で見たことはない。私は目を大きくして、震えるように首を横に振った。

「カメリアだなんて……！　浅見さんはともかく、私は場違いです！」

日本だけでなく、各国の著名人が訪れているってテレビで観たことがある。まだロビーに足を踏み入れていない段階で雰囲気に呑まれているのに、中へなんて恐れ多い。

浅見さんは足が竦んでいる私の手を取り、軽く握って微笑んだ。

「そんなことない。瑠依はもっと自信を持て、と前にも言った」

「だ、だけど、こんな仕事後の格好で」

どもりながら自分の姿を確認し、訴える。

「俺は瑠依のスーツ姿は好きだし、そのままで構わないよ。でもやっぱり瑠依は気にする？」

「そりゃあ……」

「それは心配無用。そう言うと思って、用意しておいた。行こう」

「えっ？」

浅見さんが自信に満ちているのはいつもだった。彼が口の端をニッと上げ、少し強引に私の手を引くのを見て思い出す。

ドアマンの前を横切って出入口を通過し、広いロビーに立つ。天井は高く、キラキラと星が輝いているようなシャンデリアが私たちを見下ろしている。教会のような厳かな雰囲気のロビーに、これ以上奥へ進むことに気後れする。だけど、浅見さんの温かく力強い手が魔法をかけてくれたのか、足が止まることはなかった。

浅見さんに連れられ、きょろきょろと辺りを見回していると、案内プレートを見つけた。私たちが向かっている先は……ブライダルサロン？

目を疑うような単語に、思わず浅見さんの背中を凝視する。

まさか、だれかの結婚式とか……いや、そもそも式ならサロンには向かわない。式場の見学でしかブライダルサロンって利用しないところなんじゃ……？

全然状況が把握できないうちに、ブライダルサロンに着いてしまった。彼は私の手を握ったまま、もう片方の手を金色のドアノブに伸ばし、躊躇することなく押し開けた。ドアが開いたのと同時に、チリン、と高く上品な音色が鳴り、「いらっしゃいませ」と女性スタッフがやってくる。

いったい、これはどういうこと？

不安な気持ちでいる私をよそに、浅見さんは一度手を離し、スタッフとなにやら言葉を交わしている。すぐあとに、その女性の目線が突然私へ向いた。

「お待ちしていました。どうぞ、こちらへ」

「えっ？　あの……」

「お電話で伺っていた通りの方ですね。背も高くて華奢なのでドレス映えしますね」

笑顔でやたらと褒められても、まったく喜ぶ余裕がない。狐《きつね》につままれた心境で、女性と浅見さんを交互に見やる。

「行っておいで。大丈夫だから」

浅見さんは悠然と答え、微笑むだけ。私は女性に案内されるがままに、隣室へと入っていった。

「お待たせいたしました」

十数分後。女性スタッフから少し遅れて、浅見さんのもとへと戻る。でもあまりに恥ずかし過ぎて、彼を見るどころかひと声も発せない。

「急だったので数着の中からしか選べなかったのですが、さすが浅見様はパートナーですね。電話でおっしゃっていた通り、この色が彼女にとてもお似合いです」

女性は嬉々《きき》として話をしている。その後ろにいる私はどこかに隠れてしまいたい気持ちでいっぱい。なぜなら、着慣れないドレスに身を包んでいたから。

紫がかったピンクは明る過ぎず、落ち着いた色。同色の太めのベルトによってメリハリのあるラインと、前後の裾丈に差があるセミフィッシュテールのフレアスカートが優雅な印象を与える。

さっき、フィッティングルームに通されたかと思えば、あっという間にドレス姿に変えられた。髪も手早く巻かれ、左に流してピン留めし、ワンサイドのダウンスタイルになっている。

どうやら浅見さんは、このブライダルサロンと提携している衣装ショップにドレスを用意しておいてもらっていたらしい。そのショップはウエディングドレスだけでなくパーティードレスも扱っていて、オートクチュールからレンタル、販売まで幅広く手がけている、と着替え中に教えてもらった。

女性スタッフとの話が一段落したらしく、浅見さんが私を見つめてくる。私はたまらず、俯いて早口になった。

「こ、こんな高そうなドレス……。それに、少し派手過ぎませんか？　私、こういう色は私服でも着たことがないですし」

浅見さんは小さく息を漏らしたあと、苦笑する。

「だと思った。瑠依はブラックとかネイビーを選ぶんだろ？　だけど、こういう色も似合うよ」

そこまで予測されていると思うと、私が考えていることも全部見透かされているんじゃないかと恥ずかしくなる。

頬が赤くなるのを必死に抑えようと下を向く。私が履いているシャンパンゴールドのパンプスの先に、黒い革靴が近づいてきた。

「靴は？　足、痛くない？」

「え？　あ、今のところ平気です」

浅見さんが「そう」と安堵した表情を見せ、私の足もとからゆっくり視線を上へ滑らせる。目が合ってドキッとしたのと同時に、耳もとで囁かれる。

「想像以上に可愛い。今すぐ押し倒したくなるくらいにね」

瞬間、耳がカアッと熱くなる。

「じゃあ、上へ行こうか」

浅見さんは、さながら王子様のように右手をスッと差し出した。私は少し躊躇ったけれど、そっと手を重ねる。

彼の右腕に手を添えて移動しながら、チラッと目を向けると、視線がぶつかった。その眼差しが優し過ぎて、私はまた頬を染めながら俯いた。


上階のレストランへ入店してすぐ、そこでもまた見たことのない景観に驚く。まるで絵画のような、花が添えられたテーブルとシンプルで美しい食器。そして、やはりなんと言っても、足もとから天井までの大きな窓から見渡せる夜景に目を奪われる。キラキラした世界に圧倒され、席に着いてからも、出されたワインや料理の味に集中しきれない。

目前では終始楽しそうに笑っている浅見さん。正直、私には彼のように笑う余裕なんてない。なにか失態を犯すんじゃないかと緊張感でいっぱい。でも夢の中にいるみたいで、緊張とは違うふわふわドキドキも私の中に存在している。

「今、一生あり得ないようなことを体験しています……。仕事の疲れなんか飛んじゃうくらい」

もしかしたらこういうとき、ほかの女の子だったら、うれしいことがひと目でわかるくらいに笑みを浮かべて、『美味しい』とか『素敵』とか可愛く言うんだろうか。

それに比べ、私は未だに場に慣れなくてガチガチ。いっぱいいっぱいで料理を美味しいと素直に感じられず、ムードのない言葉しか出てこない。それなのに浅見さんは嫌な顔ひとつせず、白い歯を見せる。

こんなに素敵な場所で、『仕事の疲れ』とか言っても怒らないのって、世の男性の中で浅見さんくらいじゃないかと思う。その寛容さがやっぱりありがたくて温かい。

彼は面白そうにクスクスと笑いながら尋ねる。

「瑠依は今の仕事、好き?」

突然の質問に目を瞬かせ、失笑したあと答えた。

「私、本当は医者か看護師になりたかったんです。父と母がそうなので。だけど、どうにも血が苦手で……。それで薬剤師の兄の勧めで薬学部に入ったんですが、研究で閉じ籠っているのが息苦しく感じてきてしまって」

気づけば、今までだれにも話したことのない胸の内を零していた。それは懐が深い浅見さんが相手だからだと思う。ずっとずっと自分の中に留め、抑えていた子どもの頃の感情を吐露できているのは……。

「こう見えて、昔から結構部屋に籠って勉強を頑張ってはきたんです。それでも、兄には到底及びませんでしたけど」

頑張っても報われない。認めてほしい人に見てもらえない。

ほかに方法を知らなかった。あの頃、自分に『もっと頑張れ』と、ただ言い聞かせるだけだった。

「なんとなくわかるよ。今の瑠依を見ていたら。小さい頃から頑張っていた姿が目に浮かぶ」

そう言って顔を綻ばせるのは、やっぱり私に気を遣ってくれているんじゃなくて、本心からだと思える。

ちゃんと私を見てくれているって、信じていいよね……？

テーブルの下で両手をグッと握り、視線を上げる。

「だけど結局、父は私をテストの点でしか評価しないまま、今に至ります」

父に私を見てもらうことは、とうに諦めた。けれど友達にも先生にも、上司にも先輩にも営業先にも、あのときと同じような思いを抱えながら接している。

きちんと認めてもらえるように、私の存在を肯定してもらえるように。目の前のことに精いっぱい努力することを、私は今でも変わらず頑張って――。

「あ。話が逸れましたね。今の仕事、私は好きですよ。薬学部にいたときに、入退院を繰り返していた祖父がMRの話をしてくれて興味を持ったんです」

グラスにまだ少し残っているワインを見ながら、小さく笑った。

「まあ、最後まで父は渋い顔のままでしたけれど」

この気持ちを口に出すと、内に秘めた苦しい感情が鮮やかに蘇《よみがえ》り、またあのときの自分に戻ってしまうんじゃないかって考えていた。でも、思っていたよりも……いや。むしろ、胸のつかえが取れた感じ。言葉にすることで決別できることもあるのかもしれない。

そんなことに気づいたのと同時に、ようやく緊張が解《ほぐ》れてきて、浅見さんをまともに見ることができた。彼は頬杖をついた手で口もとを押さえ、難しい顔をしている。

「浅見さん……？」

不思議に思って声をかける。浅見さんは私と視線を合わせぬまま、手を外して小さく口を開いた。

「瑠依。そういう話はこういうところでされたら困る」

ぽつりと言われ、ハッとする。私の身の上話なんてジメジメしていて、こんな華やかな場所でするような話題じゃなかった。

　肩を竦め、謝罪する。

「す、すみませ……」

「健気《けなげ》に頑張る瑠依を今すぐ抱きしめたいのに、ここじゃ叶《かな》わない」

　浅見さんはまったく予想もできない反応を返す。今度は慕情溢れる眼差しをこっちにまっすぐ向けるから、私は彼以外見えなくなる。

「今回来日して瑠依をずっと見ていた。君はいつもどこかギリギリなのに、他人への優しさを忘れない。些細なことかもしれないけれど、そういうところに惹かれたんだ」

　これまでの私なら、こんな甘い言葉には最初から聞く耳を持たなかったと思う。それなのに今では胸が高鳴って、うれしいって感じている。

「もしかして瑠依って、頑張ったご褒美とか自分にあげたことないんじゃない？」

「言われてみたら、特には……」

　だって、いつまでも百点じゃない気がして、ご褒美なんてあげるタイミングも、あげようと思ったことすらもない。

　浅見さんは、もごもごと答える私を見てまた笑う。

「ストイックっぽいもんな。じゃあ、これからは俺が甘やかすようにしよう」

そうして、彼は知的な目を柔らかく細める。

一緒にいてドキドキはしても、疲れたりはしない。緊張はするけれど、話をしていて楽しい。こんな人にこれから甘やかされたら、私はすっかり怠け者になってしまうかもしれない。

そうなってはだめだ。浅見さんと出会う前から、ちゃんと自分の足で立てる女性を目指しているんだから。


美味しい料理だと、お酒って自然と進んじゃうんだ。

しっかりした女性であろうとあれだけ意識していたのに、非日常のシチュエーションと最高の彼に、ついお酒を飲み過ぎてしまった。

ふわっとした思考でレストランを出た。エレベーターホールまで向かうときに、浅見さんが腕を貸してくれた。私は一瞬躊躇うも手を添える。

こういうさりげない気遣いってすごいと思う。こんな些細なことから、相手への安心と信頼が大きくなっていくのかもしれない。

エレベーター前に到着し、ふとホール側面の窓に目を向けた。汚れひとつ見当たらない大きな窓に、自分の姿が映っている。初めはぼんやりと眺めていたけど、ハッと我に返った。

「あっ。帰る前に着替えなきゃ。ドレスのクリーニング代は、さっきのサロンに支払えばいいですか？」

高そうな服だから汚さないように気をつけてはいたけれど、クリーニングはするはずだよね。最初、私には似合わないと思っていたドレス。それが、今はちょっと脱ぐのが惜しい。やっぱり私も女子なんだな。

私が苦笑していると、浅見さんはエレベーターのボタンを押し、振り返りざまにさらりと言った。

「ああ、それはもう返さなくてもいいよ」

「え？　だって、これ……」

「俺から瑠依にご褒美。急だったからオートクチュールじゃなくて申し訳ないけど」

「こっ、こんな高価なものを……！」

浅見さんを大きな目で見上げる。その間にエレベーターが到着し、ドアが開いた。

彼は先に乗り込み、戸惑って動けない私の手を引いた。

「お金については気にしないこと。それに、値段なんかよりも価値のあるものが見られて俺は満足」

ドアが閉まるなり、ふたりきりのエレベーターで抱きしめられる。浅見さんは驚いて声も出せずにいる私の顎を掬い上げ、笑みを浮かべた。

「すごく似合ってる。こういう格好の瑠依もいい。またいつか、俺のために着てよ」

頬が熱い。触れられている背中も顎も、全細胞が自分のものじゃないみたい。

今までにない感覚が電流のように全身を走り抜ける。刹那、彼は顔を僅かに傾け、私の頬に近づくと甘く囁いた。

「そうしたら、きっとそのたびに今日のキスを思い出す」

そのあとは、流れるように唇を重ねられる。緊張で口に力が入るのも数秒。すぐに彼の熱に溶かされ、脱力する。

角度を変えるときすらも、まるで私の唇の形を確かめるように愛撫《あいぶ》するからたまらない。さっき食べたデザートよりも甘い。でも、食べられているのは私のほうだ。

エレベーターはまだ降下している。私はどこかで停まってドアが開かれるかもしれないという心配よりも、ただ浅見さんの体温に心地よさを感じ、繰り返されるキスに溺れていた。

浅見さんがゆっくりと離れていく。決して短くはなかったキスなのに、寂しいとすら思う。静かに睫毛を上向きにさせて浅見さんの双眸を捉えると、彼は私の頬を両手

間が来てドアが再び閉まると、上昇するエレベーターの中でもう一度キスをした。時

エレベーターが一階に着いても、私たちは降りることをせず見つめ合ったまま。時

浅見さんの声が、飲んでいたワイン以上に私を熱くさせる。

「……瑠依。まだ帰したくない」

で包み込んだ。

自分がこんな大胆な行動をする人間だなんて知らなかった。特に恋愛事となると消極的だったはずなのに。

「ん……っ」

私のアパートよりかなり広い部屋。灯りも点けずにそれがわかるのは、大きな窓から覗く、煌《きら》めくような夜景が室内をぼんやり照らしてくれているから。おそらく部屋もレストラン同様、インテリアなど素敵なんだろう。

けれど、私はそれを確かめる暇も与えられず、浅見さんからもらったパンプスも揃えずに脱いで、綺麗に整えられたベッドに沈んでいた。

浅見さんは踵から手の先まで唇を落とし、それがそのまま足もとまで下りてきた。前に絆創膏を貼っていた部分の傷跡を優しく撫でられる。痛みはまったく感じない。

それよりも、ぞくぞくっと全身が甘く震える。気づけば目の前に彼の顔があって、瞬く間に唇を重ねられた。

「や……。あの……ドレスが皺に」

絶え間なく降り注ぐキスの合間に、どうにか言葉を発した。

『皺に』……と気にしてはいるものの、視線をドレスに向けるどころではない。仄暗い中で見つめるのは、私を組み敷く浅見さんだけ。

「悪いけど、余裕がない。でも、半分は瑠依のせい――」

確かに、知っている彼と比べたら幾分か早口で……キスの仕方もちょっとだけ乱暴。だけど、そんな変化に高揚している自分に一番びっくりする。

私のせいだと口にして、浅見さんはまた唇を奪う。深く口づけたあと、手のひらを重ね合わせて言う。

「俺を狼にさせるのは、瑠依だけだ」

浅見さんは私の鼻先で囁いたあと、一度身体を起こして上着を脱ぎ捨て、ネクタイを引き抜く。不意に伏せた瞳が色っぽい。彼は無造作にワイシャツのボタンをふたつ外し、改めてベッドに両手をつくと、私を見下ろした。

心臓が飛び出そう。いくらお酒に酔っていても、部屋が暗くても、相手が浅見さんというだけで恥ずかしさをごまかすことができない。

思わず横向きに寝返ると、静かに顔が近づいてきて、うなじに唇を落とされる。

「浅、見さ……」

「名前、呼んで」

今度は耳の裏で艶っぽく言われ、小さな声を漏らす。目を固く閉じていたら、髪をたおやかな手つきで撫で下ろされ、彼の柔らかい唇が肩に触れた。

ゆっくりと身体を開かれ、正面から向き合った。浅見さんは指の裏でそっと私の頬を触り、下唇まで下りてきたところで止める。

「この口で、『総』って言って。俺にキスをして、抱きしめて」

鈍く光る双眼は真剣で……どこか悲しそうに見えた。

彼の名前なんて、そう簡単に呼ぶことはできないって思っていた。でも、一瞬垣間見た彼の素顔が、なんだか放っておけない表情だったから。

「そ……総……」

私は不器用ながらに名前を口にしたあと、両手を伸ばす。すると、浅見さんが乞うようにつぶやいた。

「もっと」

「……総」

浅見さんの広い背中に手を回し、彼の重みを身体全体に感じる。

あ……。浅見さんの心音、速い。

自分の鼓動と重なる音は、だんだんどちらのものかわからなくなっていく。

「瑠依」

彼はやおら顔を上げ、再び唇を合わせる。私はそれに応えながら、両手でしっかりと浅見さんを抱きしめていた。

初めて彼の役に立てたと、心のどこかで感じながら。


やってしまった。考えてみたら朝帰りなんてしたことない。

早朝にタクシーで帰宅し、バタバタと出社の準備をする。洗面所の鏡に映る自分を見て、ふと思った。

元彼の家に泊まったことはある。でも、翌日仕事という状況はなかったし、三ヵ月も経った頃にはほとんどうちで過ごしていた。もう朝帰りで浮かれるような年頃じゃないと考えながらも、どこか甘酸っぱいドキドキを感じながらメイクを済ます。

浅見さんはやっぱり完璧で、今朝も目覚めたらすでに起きて身支度を終えていた。

寝顔を見られたのは私だけか……。

髪をセットしていた手をゆっくり下ろし、ぼんやりする。

昨日は本当、シンデレラにでもなった気分だった。至れり尽くせりで、物語のようにでき過ぎなデート。

浅見さんと一夜を共にして幸せを感じる一方で、ふと気づいた。

私、彼のことをほんの少ししか知らない。好きだという気持ちは、彼のことを知っても知らなくてもたぶんもう変わらない。でも、好きだからこそ知りたい。

鏡の奥をぼんやりと見つめる。すぐに両手で頬を挟むように軽く叩いた。

焦りは禁物。仕事も一緒。なんでもそう。欲張ったりしたら、うまくいかなくなることが多い。

まるで他人に向かって諭すように心の中でつぶやき、慌ただしく家を出た。

遅刻もせず、どうにかいつもと同じ時間に営業先を回り始めることができた。

夕方からは、どうしても月島先生のいる月島総合病院へ足を向けなければならなかった。憂鬱な気持ちで一歩を踏み入れたものの、月島先生は運よく今日から二日間は学会のため不在と聞いた。

私は安心したものの、すぐに鬱々とした気持ちに戻る。

だって、そうは言っても来週からは逃げることができないわけで、それまでには動揺しない精神を作り上げておかなきゃいけない。


外回りを終えて会社に戻り、月島先生のことで気を揉んでいると、斜《はす》向かいの席にいる先輩に声をかけられた。

「城戸さん、ごめん。開発部に行って資料をもらってきてほしい。ちょっと今、業務に追われてて手が離せなくて」

私は先輩の頼み事にふたつ返事で答え、席を立った。


開発部には、入社してから数えるほどしか行ったことがない。この時間に開発部の人ってまだいるんだろうか？

腕時計を気にしながら先を急ぐ。短針は八を少し過ぎたくらいだ。

階段のほうが早いかと、二階分を上っていく。ちょうど折り返し地点の辺りで、上階に人の気配がした。速度を少し緩め、上を窺いながら足を進める。すると途中で足音が遠のいていった。そのまま目的階まで辿り着くも、だれの姿も見えない。

確かにだれかが下りてきたんだけどな。引き返したのかな？

首を傾げながら廊下を覗くように見ても、影も形もない。けれど、鼻孔を微かに刺激するいい香りを感じた。どこかで知っているような気がしたものの、すぐに痕跡が消えてしまった。まあいいか、と先を急ぐ。

開発部のフロアが直線上に見えたときに、ふと分かれ道の先にある部屋に意識が向いた。今いる廊下とは違って、ちょっと薄暗い廊下。その突き当たりに、小窓から電気の灯りが漏れている部屋があった。

あれ？　あの部屋はなんだったかな？　どこかの部署とかではなさそうだし。もしかして倉庫かなにかで、だれかが電気を点けっぱなしで、いなくなっちゃったとか？

それにしても、こんな時間に倉庫にだれかいるなんて珍しい。

足を向けると、プレートには【物品庫】と書いてあった。ドアに手を伸ばした次の瞬間、カチャッとドアノブが回って息が止まる。

「わあっ……！　き、きき、城戸さん⁉」

「きゃあ！　ぶっ、部長⁉」

閑静な廊下にふたりの悲鳴が響く。ドアの隙間から姿を現したのは、紛れもなくうちの部長だ。びっくりし過ぎて言葉がなかなか出てこない。

「どうした？　こんなところに来て」

「え？　あ、私は先輩に頼まれて開発部に……。途中でこの部屋が目に入って、てっきり電気の消し忘れかと」

「ああ、そうなんだ。それはごめん。じゃあ、ここに用はないんだろう？　閉めてもいいね」

部長は笑って言うと、電気を消し、ドアをパタンと閉めた。それから私に背を向けて鍵をかける。その背中を見て、何気なく疑問を抱いた。

部長がこんな時間にこんなところで、なにをしていたんだろう？

「城戸さん？」

「あっ。じゃ、じゃあ、私は開発部に行ってきます」

「うん。お疲れさん」

部長は私の前を横切り先に戻っていった。少し猫背の後ろ姿を見つめ、私は小さく首を捻る。さっきのにおいはもしかして部長かと思ったけれど、やっぱり違う。

「うーん」と口を尖らせて考えている間に、においの記憶も徐々に薄れていく。

答えを出すのを諦めて、急いで開発部に向かった。

ようやく帰れる……。お腹が空いた。今日はご飯を作る気力が残っていない。道中のコンビニ弁当で決定だな、なんて考えながら歩く。ふと足を止め、思わず笑いを零す。

昨日とは雲泥の差。あれはやっぱりシンデレラと同じで、ひと晩限りの夢だったのかもしれない。

長い息を吐き、空を見上げる。そのとき、バッグのポケットで携帯が震えた。私はすぐに電話に出る。

「もしもし……城戸です」

『ずいぶんよそよそしいね、瑠依。昨夜のことは、俺の夢だったのかな』

私の堅苦しい応答に、クスクス笑うのは浅見さん。今、すごく声を聞きたいなって思っていたから、びっくりしたのとうれしいのとで変に意識してしまった。

どうしてこの人は、いつも私が求めていることをわかっているかのように、いいタイミングで連絡してくれるんだろう。

「あ……。昨日は本当に楽しかったです。ありがとうございました」

『俺も。でも、昨日無理を言って一緒にいてもらったのに、まだ足りないみたいだ』

携帯越しに言われる言葉は、面と向かって言われるのとはまた違って恥ずかしい。

きっと、直に耳へ浅見さんの声が伝わるからだ。仕事でもないのに姿勢を正して電話をするなんて、こんな姿を見られたらまた笑われそう。

どぎまぎして返事に困っていると、さらに向こうが話を続ける。

『今日はまだ仕事があって、会いに行けそうもないから。……せめて瑠依の声だけでも聞きたくて』

浅見さんの声がほんの少し変わった。不思議に思って窺うように問いかける。

「浅見さん？　なにかありました？」

『どうして？』

電話だからこそ、表情が見えないからこそ、感じることがある。

私は浅見さんの心にちょっとでも寄り添いたくて、あえて下の名前を口にする。

「総……の声が……なんだか『助けてほしい』って言っているみたいだったから」

ほんの少しの違和感。勘違いかもしれない。でも、気のせいじゃないと直感した。

まだまだ彼についてはわからないことだらけ。だけど、この短期間でいつも力を分けてくれた浅見さんが発するシグナルだったなら、全力で応えたい。

無言になった彼に必死で訴える。

「私じゃ力になれませんか？」

そう言って気づけば空腹なんか忘れて、タクシーに乗り込んでいた。

浅見さんに聞いた宿泊先のホテルに勢いで来てしまった。場所は私の職場から近くて、タクシーに十分も乗っていない。

浅見さんの役に立ちたい一心で部屋まで訪れたものの、ドアチャイムを鳴らした直後、急に冷静になった。

具体的に自分になにができるのかわかりもしないくせに、勢い任せでやってきて、とんでもなく迷惑をかけているかもしれない。……いや。『かもしれない』じゃなくて、迷惑だ。だって、さっき浅見さんは仕事が終わらないって言っていた。

そんな重要なことを今になって思い出し、後悔する。

顔を真っ青にしていた矢先、浅見さんがドアから姿を見せる。

「どうぞ」

柔らかな表情で招き入れてくれる彼に、私はすぐに頭を下げた。

「急にごめんなさい。仕事が終わっていないって、さっき電話で言っていたのに」

「ははっ。今さらそんなこと言うの？　大丈夫。仕事はちゃんとやる。……なにがあったとしてもね。だから気にしないで入って」

浅見さんは軽く笑い飛ばし、中へ促してくれた。

自分の安直な行動にため息をついて頭を垂れるも、後悔先に立たず。まだ救われるのは、浅見さんが怒ったり呆れたりする様子がないことだ。……おかしそうにはしているけれど。

「とりあえず座って」

「いえ！　今日はもてなされるために来たわけじゃないので」

背をシャキッと伸ばし、手をぶんぶんと横に振る。でも、浅見さんにその手を引っ張られ、簡単に負けた。

「俺を心配して癒しに来てくれたんだろう？　だったら座って少し話に付き合って」

浅見さんは狡い。気にさせないような優しい瞳と声で、容易く思い通りに私を動かしてしまう。

アイボリーのふたりがけソファまで連れていかれ、手を離される。私はソファの端に浅く腰を下ろした。

「ごめん。こんなものしかないな」

そう言って、彼は備えつけの冷蔵庫に入れていた缶コーヒーをくれた。

「す、すみません……」

私って本当に浅はか。いくら急いでいたからって、手ぶらで来ちゃうなんて。飲み物とか軽食とか差し入れすればよかった。今はもう十時前だし、夜ご飯を済ませていたとしても、仕事が大変だって聞いたんだから『夜食でどうぞ』とか言えたはずなのに。つくづく自分の気遣いのなさにがっかりする。

受け取った缶コーヒーを開けず、両手で持ったまま肩を落としていると、浅見さんが私の手からそれを抜き取った。

「はい」

「あ……ありがとうございます」

私に再び戻ってきた缶コーヒーはフタが開けられていた。浅見さんはベッドの縁に腰を下ろし、自分の缶コーヒーを開けてひと口喉に流し込む。

本当、なにからなにまで完璧な人。手の中の缶コーヒーを見つめ、敬服した。浅見さんの余裕と気遣いは、私にはないものだ。

恐縮しながら視線を逸らす。その際、正面のデスクに目が留まる。デスクの上には閉じられたノートパソコンが置いてあった。

仕事もどのくらい残っているのかわからないし、終わる目処《めど》がついているのかも確かめていない。やっぱり、私が来たって邪魔はできても助けられることなんてなさそうだし、実際に会ったらいつもと変わりなさそうに思えるし。私の勘違いだったんだ。早いところお暇《いとま》して、仕事の邪魔をしないようにしよう。

「あの……」

「瑠依は今日どうだった？　変わりなかった？」

『帰ります』と告げようとした矢先、浅見さんに質問される。私は挙動不審になって答えた。

「えっ。あ、はい。平穏に過ぎました。その分、特に収穫もなかったかな……」

月島先生もいなかったし……と言うのは心の中で留めておく。あのときのことを思い出したくないし、浅見さんに心配させたくない。いや、一番の理由は、月島先生の名前を出して浅見さんがどんな反応をするのか怖いからかもしれない。

「あっ。そういえば今日、いつも怖そうだなあって思っていた小児科の先生と、子ども向け番組の話で盛り上がって驚きました」

私は強面で有名な先生を思い出しながら続ける。

「だって、その先生って本当に見た目も話し方も怖くて。今日はそういう意味の収穫はあったりして……」

話を逸らそうと今日の出来事を思い出したのはいいけれど、本来の目的を忘れてしまっていた。ハッとして口を噤んだ私に、浅見さんはきょとんとして首を傾げる。

「どうかした?」

「だって、私が話を聞きに来たはずなのに、聞いてもらうほうになっていたので」

私は肩を竦めてしゅんとする。

「俺は仕事の話をする瑠依が好きだ。とてもいい表情をしているよ」

缶コーヒーに視線を落としていたら、温かい声を返された。少しずつ上げた視界に入る浅見さんは微笑んでいた。

「ありがとうございます。でも、それ以上にカッコ悪いところも見られたりしてるし、思い出すだけで恥ずかしい……」

「まあ、仕事だからね。失敗するのは当たり前だし、それは普通だよ。瑠依だけ特別なわけじゃない」

すぐさまフォローの言葉をもらって、改めて思う。

「失敗したり、つらいこともありますけど、こうして仕事を続けられて……。浅見さんに『いい表情をしている』って言ってもらえるのは、いい人たちに囲まれているからだと思うんです」

浅見さんとは知り合って間もないのに、仕事でもプライベートでも、トラブルになりそうな一昨日の件でだって助けてもらっている。そして、会社の気さくな先輩たちや優しい部長。紺野さん。瑛太くん。ほかにもいっぱいよくしてくれる人がいる。だから、私は頑張れているんだ。

そういうことって、意外に日常で埋もれていく感情だったのかもしれない。今ある当たり前は、決して当たり前ではないことを忘れちゃいけない。

自分の周りにある幸せを噛みしめていると、浅見さんがぽつりと言う。

「瑠依は、仲間だと思っていた相手に裏切られたら……どうする？」

「え？」

「たとえば信じていた相手に、裏の顔があったりしたら」

突然投げかけられた質問がピンとこなくて、目を丸くする。浅見さんを見ればさっきの私と同じで、いつしか手もとを見つめて難しい顔をしている。

やっぱり、完璧に思える浅見さんにもなにか悩みはあって、さっき私が電話で感じたのは間違いではなかったのかもしれない。

そう思い直すと、まっすぐ浅見さんを見た。

「……一概には言えないけれど、相手の気持ちを考えてみます。もしかしたら、なにか理由があるかもしれないから」

私の答えは浅見さんの背中を押すことができるものなのかな。それとも、逆効果になってしまうかな。

内心不安になっていると、浅見さんが小さく吹き出した。

「瑠依は本当お人好しだな。その間にも、またさらに傷つけられるかもしれないよ？」

彼が苦笑いを浮かべたのを見て、ちょっぴり落ち込んだ。

ああ、やっぱり私が言ったことは彼にとって正解ではなかったんだ。そうだとしても、それ以外に答えようがなかったし。仕方ない。

「そうかもしれないですけど……」

「優しさだけじゃ、他人も自分も守ることはできない」

浅見さんが珍しく突き放すような言葉を向けてきた。言い方や表情はいつもと同じだけれど、心で突き放された感じ。

もともと自分とはまるで違うところにいる人なのだから、こういう距離感はわかっていたはず。あとは、こんなとき、立ち止まったまま距離を置くのか、それとも自分から近づいていくのか……。

だったら今、私は勇気を出して後者を選ぶ。

「だけど、優しさで救われる人もいると思うから。……って、守る術《すべ》もわからなくて、単に自分が無力なのを都合よく言い換えているだけですね」

自分をわかってもらうことを諦めたらだめだって、教えてくれたのは彼だから。

「確かに、そうかもしれません。優しいだけじゃ解決できないこともあるんでしょう」

サイドテーブルに缶を置き、静かに立ち上がる。そして、浅見さんの空いた手を掬い上げる。彼は珍しく目を剥いて私を見上げていた。

「この手は、私と違ってたくさんの人を支え、守らなければならないんだもの」

指の長い大きな手。

浅見さんは以前、自ら『七光り』という言葉を発していたけれど、絶対にそれに甘んじている人じゃない。自分の立ち位置と周りの評価を得るために努力して、さらに部下を守らなければならない責任を背負っているはず。

「自分を犠牲にすることがあるんじゃないんですか?」

おそらく、上の立場になればそれが普通なんだろうと想像はできる。だけど、浅見さんがあまりに苦しい思いをしているんだったら……。

わかっている。この感情は、単なる私情を挟んだ偏っているものだって。

「……いいです。そんなに頑張らなくても……いいですよ」

思いきったのは、気持ちを口に出したことだけじゃない。

私は不慣れながらに、両腕を浅見さんの頭に回した。

軽く自分に引き寄せ、緊張で震えそうな声をどうにかごまかした。こんな大胆な行動を取っているのに、言うことは後ろ向きにも捉えられそうな発言で、言動がちぐはぐだ。不器用な自分に失笑する。

浅見さんは私に対してなんのアクションも見せない。もしや大失敗しちゃったのかも、と反応のない浅見さんの頭を抱きながら不安が過る。

引くに引けない体勢のまま、ぎゅっと口を結ぶ。どうしようかと動揺していたときに、ようやく浅見さんが応じてくれた。

「向こうじゃその言葉は禁句だけどね」

クスッと零れる彼の笑い声に、失望された様子ではなさそうだと胸を撫で下ろす。

「そ、そうなんですか？　でも今、ここは日本ですし」

浅見さんは口は開いても、まったく頭を動かさない。だから私も手を回したまま。胸に彼の頭が触れているから、ドキドキしていることに気づかれていそう。なにか言葉を紡いでいないとどうにかなってしまう。

「あ。だけど、日本じゃなくてもアメリカでも、どこでも。私はきっと、浅見さんが頑張り過ぎていると思ったら同じことを言います」

次々と言葉を発していても、浅見さんはあれからまた口を閉ざしていた。

今の体勢じゃ、彼の顔も見られない。いったい、どんな表情をしているの？

少しの間、室内はしんと静まり返る。一度沈黙になれば、次に話し出すのは困難だ。

すると、胸の中からぽつりぽつりと声が聞こえてくる。

「……今までの俺なら、だれかに『頑張らなくてもいい』なんて言われたら、躍起になって反抗するように頑張り続けたと思う」

その声は、さっき電話で聞いたときと同じでどこか弱々しい。私は浅見さんの心の声をひとつひとつ丁寧に聞き、胸にしまっていく。

「でも瑠依が言うからだろうな。素直に聞けて、心が軽くなるのは」

彼はそう言って、私の腰にそっと手を回した。

『心が軽くなる』って言ってくれた。本当かな？　だとしたら、すごくうれしい。

感極まって、たどたどしく浅見さんの頭を撫でた。お互いなにも言わずに、どのくらい経ったのだろう。数分のことのはずなのに、ずいぶん長い時間このままでいる気がする。

さすがに困惑し始めたとき、浅見さんが私の中で小さく動いた。

彼の髪が私の腕をくすぐるだけで心臓が跳ねる。次第に私に寄りかかるように密着してきて、胸が震えた。

仕事の邪魔をしないって決めてきたのに、このままそんな流れになるだなんて。好きな人と抱き合う時間は幸せ。でも、けじめはつけなくちゃ。

「浅見さ……きゃ！」

そう思った矢先、浅見さんがズルズルと倒れ込んできて驚く。頭だけとはいえ、結構重い。慎重に支えて、そっとベッドに寝かせた。

まさか、寝ている……？

「嘘……」

意外な展開に目を丸くする。完璧な彼だと考えていたこともあって、こんな気の抜けた展開が待っているだなんて思うはずもない。

ちょうどベッドの真ん中辺りに腰かけていてくれたおかげで、足もベッドにのせてあげることができた。それでも起きないところを見ると、相当疲れているらしい。布団をかけてあげたいけれど、浅見さんの下敷きになっちゃっているし……。

きょろきょろと辺りを見回すと、ソファの上に脱ぎっぱなしの上着を見つけた。その下にブランケットらしきものがあったので、それをかけてあげてから、スーツの上着を拾い上げる。

「……ん？」

ふわりと鼻孔をくすぐる爽やかな香りに動きが止まる。私はクローゼットに向かうのも忘れ、思わず上着を鼻に近づけていた。

どこかで知っているような……？

記憶を手繰り寄せる。しかし、浅見さんが小さく声を漏らして寝返りを打ったので、集中できなくなってしまった。すぐに上着をハンガーにかける。

帰る前に自分のポケットやバッグを探っても、結局いつもの癖で持ち歩いていた飴くらいしかない。落胆しつつ、それだけでも、とパソコンの横に置いてメモを残す。

【糖分を取ると、少し疲れが緩和されるかもしれません】

「よし、と」

書き置きを残し、そっとベッドを通り過ぎようとした。そのとき。

「瑠依」

熟睡だと思っていたから、かなりびっくりした。息を止め、目を見開く。

「はい？」

浅見さんを見ても、瞼は閉じたままで返事はない。そのあと数秒見続けていても変化はない。

……もしかして、寝言？

思わず顔を真っ赤にして、口を押さえる。ほんの一瞬の夢だったとしても、寝ながら名前を呼ばれたことがすごくうれしい。

迷いながらも、もう一度浅見さんの枕もとに足を向けた。寝ている顔も変わらず綺麗だけど、どこかあどけなさがあって、つい笑みが零れる。私は寝顔に唇を寄せた。

軽く重ねるだけのキスにこんなにドキドキしているのは、眠っている間に自分から口づけた背徳感かもしれない。

今度こそ部屋を出ようと静かに歩く。

「……め……ん」

また浅見さんの小さな声が聞こえたけれど、今度は聞き取れなかった。

私は「お疲れ様です」と小声で言い残し、そっとドアを閉めた。

エレベーターから降りてもなお、浅見さんを思う。

終わっていない仕事もあるのだろう。でも少しだけ、いい夢を見ていたならいいな。

その夢に、もう一度私が出ることをこっそりと願う。

「城戸瑠依さん？」

ロビーを通り過ぎるところで、突然名前を呼ばれた。フルネームで呼び止めてくるなんて、いったいだれだろうと顔を上げた瞬間、目を剥いた。

「初めまして。レナ・ブランチャード・パドヴァです。浅見 総の秘書をしています」

「あ……」

私よりも少し背が高い彼女は、黒髪で瞳は宝石のよう。間近で向き合うのは初めてだ。挨拶が事務的でやや冷たい印象を受ける。

「見ての通り、私は日系二世で日本語もわかりますのでご安心を」

完全にレナさんの雰囲気に圧倒されている間も、彼女はペースを乱すことなく名刺を出し、淡々と話を続けていく。

「失礼ですが、本日は、総があなたをこちらに？」

まるで上司と対面しているような緊張感。いや。実際の上司のほうが、ずっと話しやすい。

私は慌てて名刺を両手で受け取った。

「いっ、いいえ！　私が急に押しかけてしまって」

「そうだと思いました」

「えっ……」

もともと、彼女に敵対心を抱いているわけじゃなかった。ただ、浅見さんのそばにいる人ということが不安要素だっただけ。しかし、どうやら向こうは違うらしい。

「彼の一番の理解者は私だと自負しておりますので」

会って数分でもわかる。私に対していい感情を持っていないということくらいは。レナさんの言葉の裏には、『彼のことをよく知りもしないくせに』という思いが隠されている気がした。

曲がりなりにも営業を続けて三年経つくせに、咄嗟には会話が浮かんでこない。だんまりになった私に、レナさんはさらに一歩近づいてきた。

「城戸さん。私からお願いがあります」

少し見上げて視線を合わせる。透き通るような碧い瞳を前に、呼吸の仕方さえ忘れてしまいそう。

「彼は寝る間もないほど忙しいんです。仕事に差し支える行動は控えていただけませんか？」

確かに、今しがた寝落ちした浅見さんを見れば、彼女の言う通りなのだろう。

初対面の私に向かって、自信満々に『一番の理解者』だと豪語するほど堂々としている彼女を見て、劣等感と嫉妬が入り乱れる。

「総のスケジュールは真っ黒なの。サポート役は私。だから、あなたは自分のことにだけ専念していて結構よ」

急に彼女の口調が変わったことで、彼女が私より優位に立っていると暗に知らしめている。心臓が嫌な音をたてて波打つ。悔しいけれど、どう考えても勝ち目はない。

だって、レナさんが浅見さんと一緒に過ごしてきた時間が長いことはどうやっても覆すことができない事実。こんなにまっすぐ自分の足で立っているような人に、今の私がなにを言い返せるっていうの？

小さく唇を噛み、俯いた。彼女は余裕を見せつけるように「どうぞお気をつけて」とまで声をかけてくる。

私はひとり外に出て、レナさんの名刺に目を落とす。自分の名刺を渡すのもすっかり忘れていたことに気がつく。

彼女の堂々とした雰囲気に、もともとない自信がさらに萎《しぼ》んでいくのを感じた。


翌日の金曜日。今日を乗りきれば週末。そういつものように言い聞かせるものの、士気は上がらない。原因はわかっている。昨日の夜、レナさんに言われたことだ。

仕事に差し支えるって、要するに邪魔だってこと。本人から直接言われたわけじゃないけれど……。そもそも昨日の仕事が終わらなかったのも、前日に私と会っていたからかもしれない。

「あっ、城戸さん！　もう聞いた⁉」

「おはようございます、真鍋さん。なにをですか？」

出社するなり、一番に来ていた真鍋さんが寄ってくる。まだだれもいないのに、彼は声のトーンを落とした。

「うちの会社、整理解雇するしないって噂があったのは知ってる？　その通告がいつ来るのかなーなんて、ほかの社員とたまに話してたんだけど」

「ああ……」

そういえばそんな話、小耳に挟んだことがあったな。

以前、休憩スペースでの会話を聞いたことを思い出し、小さく頷く。

「そうしたらさ、関係あるのかないのか知らないけれど、うちの部長が退職決まったって知らせが回ってきてて」

「え⁉」

今までは噂とか、かなりあやふやな話題だったものが、いきなり具体的な内容でびっくりする。私は唖然として真鍋さんを凝視した。

「退職推奨なのかどっちかは、わかんないんだけど」

「部長はなんて？　直接聞いてみたら……」

部長、朝はわりと早めに来るはずだ。

「今日は有休取ってる。でも定年まで約十年あるのに、自分から辞めるかなあ？」

真鍋さんが組んだ両手を後頭部に添え、くるりと背を向ける。

「なんだかんだ会社側から理由つけられた、体のいいリストラだったりして。だとしたら明日は我が身だな。怖い怖い」

真鍋さんはそう言って身震いしてみせ、デスクに戻って仕事の準備を始めた。私もデスクに着いて、なによりも先に社内メールのチェックをする。新着メールの中には、今真鍋さんから聞いた通りの通知が来ていた。

心のどこかで、そんな話は嘘なんじゃないかと思っていた。でも本当のことなんだ。

私は大きなショックを受け、しばらく茫然としていた。


仕事なんだから、頭を切り替えなくちゃいけない。わかっていても、今日は一日どうしても心が別のところに行ったままだ。

今日最後の訪問先、月島総合病院の前で足を止め、重い息を吐く。

瑛太くん、元気に学校行ってるかな……。

小児科の案内板を横目に、ランドセルを背負って眩しい笑顔を見せる瑛太くんを想像する。あのときもらった手紙は、手帳の中に大事にしまってある。なくさなくて本当によかった。

そこまで考えると自然とあの日の出来事を思い出し、月島先生が頭に浮かんだ。気にしなくても大丈夫。今日も不在のはずだ。そして週末を挟めば、この動揺も多少は落ち着く。

深呼吸を一度して、西病棟にある腎臓内科へ移動しようと足を向ける。そのとき、不意に肩を叩かれた。

「城戸さん」

「つっ……！」

振り返ると、目の前にはノーネクタイ姿の月島先生。まったく心の準備をしていなかったから頭の中が真っ白。彼は驚倒する私を見て片側の口端を上げ、クッと笑う。

「やっぱり城戸さんは背も高いし、ひと際目を引くからすぐわかったよ」

「月島先生……。学会にご出席されていたのでは……」

私は震える唇をどうにか開いて尋ねた。

「もう終わったよ。帰る前にちょっと医局に寄ってきたんだ」

確かに、同じ階の東病棟は月島先生のいる泌尿器科だ。二度と会わないというわけにはいかないって理解していたが、今鉢合わせるなんてあまりに突然過ぎる。

私は気まずい思いで目を泳がす。それに比べ、月島先生は狼狽える様子もない。

「ところで、彼氏は元気?」

「え……」

「浅見って言ってた彼だよ」

月島先生がなにを考えているのかわからない。なんで、自らあの日のことを蒸し返すような話題を振ってくるの?

訝しげな目を向け続ける私に、彼は眉を上げて大袈裟に驚いてみせる。

「城戸さん、すごいね。まさか、あんなハイスペックな男を捕まえるなんてさ。ああ、彼が君を見つけて声をかけたのかな? 彼が在籍しているのはシアトルだろう? かなりの遠距離だ。外資系の社内恋愛はグローバルだねえ」

「はい?」

なにを言っているの? 浅見さんの勤務先がシアトルというのは知っている。だけど社内恋愛って、なにを勘違いしているんだろう。

私の眉間の皺はますます深くなる。話についていけなくて、ただ月島先生に怪訝な顔をするだけ。それにもかかわらず、彼の態度は変わらず堂々としたものだ。むしろ挑発するように笑って、わざとらしく首を傾げる。

「あれ～？　ただの社員ならともかく、付き合っているなら、まさか知らないわけないよねえ？」

「……なにをですか？」

「え！　城戸さん、話してもらっていないんだ。へえ。それはそれは」

嫌味な言い方をされて、つい心の中でむっとする。

なんなの？　これはこの間の仕返し？　だとしても、どうして私がそんなふうに当たられなくちゃならないの？　そもそもの原因は月島先生のほうなのに。

気まずい上に、なんだか居心地の悪い雰囲気がたまらなく嫌だ。なるべく顔には出さないように、この場を切り上げようと頭を下げる。

「すみません。次に行かなければならないので。月島先生も学会帰りでお疲れだと思いますし、これで」

挨拶し終えるのとほぼ同時に、一歩を踏み出した。そのとき、月島先生が高らかに言う。

「あの浅見という男、いろいろと忙しいみたいだよね。日本へも、つい最近来たんだろう?」

背中に向かって投げかけられた言葉に足が止まった。

さっきまではただのハッタリかと思っていたけれど、確かに最近浅見さんは忙しそうにしていたし、日本に来たのも、ついこの間だと言い当てられた。

私はすぐにでも振り返りたい気持ちをどうにか堪えた。月島先生は焦りを見せることなく、余裕綽々《しゃくしゃく》なのが声だけでわかる。だからせめて、私も動揺していると気づかれたくない。

「学会で最近まで海外にいたドクターと話す機会があってね。向こうのホープロエクスと交流があったそうで。その彼から面白い話を聞いたよ」

胸の奥がざわざわする。こんな人の話を聞いちゃいけない。心が乱されるだけだ。

そう思っているのに、私はその場から動けず……いや。動かず、話の続きを待っていた。横目でチラリと月島先生を見ると、私の本心を見透かしていたかのようにほくそ笑む。

「その顔だと本当になにも知らないんだ。じゃあ俺が教えてあげるよ」

彼は、にやついてゆっくり近づいてくる。私の行く手を阻むように立ちはだかり、愉悦に浸る。

「シアトル本社の上層部には優秀な日系の若い男がいて、情報管理のほか、日本支社の内部監査も任されているって話」

「内部、監査……？」

揺らいだ瞳で無意識に繰り返す。

内部監査ってどんな内容なのか、はっきりわからない。まさか今朝聞いた部長の退職とか、そういう件にも関わったりする？　待って。全然わからない。

「あれ？　なにか心当たりでもあった？」

月島先生はニヤニヤと口もとにいやらしい笑みを浮かべ、覗き込んでくる。私は顔をパッと逸らし、唇を引き結んだ。

浅見さんが日本に来たのはだいたい十日前。社内でリストラがどうって噂を聞いたのはそのあとで……。確か、女性が出入りしているらしいって聞いた。

俯いて考え、ハッと思い出す。

噂で言っていた『本社の女性』が、レナさんだったとしたら……？

「でも、どうしてそんな立派な肩書きの彼が、支社の社員である君に近づいたんだろうねえ？」

心臓がバクバク騒ぎ出し、変な汗が滲み出る。油断していると、月島先生が私の顎をクイと持ち上げた。

「案外、君も調査の対象だったりしてね」

月島先生は満面の笑みで言い放ち、勝ち誇った目を向けて立ち去っていった。私は怒りも恐怖もなく、ただ浅見さんのことで頭がいっぱいになる。

月島先生なんかに翻弄されたくない。そう思うものの、思い当たる節がありすぎて、動揺せずにはいられなかった。

月島総合病院の予定はどうにかこなし、院外に出た。すぐにバッグを探って手帳に挟んであった名刺を取り、しばらく見つめる。

決心した私は、携帯を手にした。名刺に記載されている番号を入力し、発信表示に触れる。

『はい』

自分から電話をかけたはずなのに、あまりに向こうが凛とした声だったから、おどおどしてしまう。

「あの、私……城戸です」

『昨日はどうも。ご用件を伺います』

レナさんの冷静な応答に怖じ気づき、なかなか本題に進められない。すると、レナさんがバッサリと言う。

『失礼ですが、忙しいのは総だけじゃなく私もなんです。用件がないなら切らせていただきます』

私は追い込まれて、ようやく用件を口にした。

「あっ、浅見さんとあなたは、うちの本社の方だったんですか⁉」

確かめるのは怖かった。けれど、月島先生から聞いてしまった以上、知らないふりもできない。だけど、浅見さんに確認するまでの勇気はなかったから。

勢いで尋ねたあとは、レナさんの反応がなくてさらに落ち着きがなくなる。

きっと、月島先生の話は嘘だったんだ。だからレナさんも、いきなりわけのわからないことを言われて言葉を失っているんだ。私は月島先生に、いいように踊らされただけ……。

都合のいい方向に解釈をし、へらっと笑った。

「すみません。突然変なことを言っ――」

『そうですが、それがなにか?』

　私の言葉に被せ、レナさんがしれっと答えた。あっさり肯定され、思考が停止する。衝撃を受けている私をよそに、レナさんは淡々と続けた。

『だいたい、この間のドクター月島との件、不思議に思いませんでした？　なぜ総は、あなたのいた病院がわかって助けに行けたのか』

　あの日のことをレナさんも知っているのだという驚きもあった。しかし、今はそれよりもほかに意識がいってしまう。

　浅見さんが、ホープロエクス本社の人……？　あの夜、私を月島先生から助けてくれたのは、偶然浅見さんの予想が的中したおかげだとばかり思っていた。でも、違うの？　じゃあ、真実はいったい……。

　頭の中で『なぜ』『どうして』がぐるぐる回る。言葉を失っていると、レナさんはさらに言葉を重ねる。

『浅見　総はホープロエクスシアトル本社で、専務兼、最高情報責任者《CIO》に就いている方です』

抱擁と離別

『彼は情報操作ならお手のものです。もちろん、法に触れることは一切しません。けれど、彼はあなたの上司でもありますし、社内情報を確認することは許容範囲。あの日、あなたが社に提出していたスケジュールを確認し、あの病院に向かった』

昨日のレナさんの話が、ずっと頭から離れない。ほとんど眠れなかったくらい、衝撃的な事実だった。

朝起きてから、歯を磨いていても朝食を作っていても、気づけば考えてしまっている。おかげで、目玉焼きは半熟派なのに、黄身が思いきり硬くなってしまった。さらに、食べるときには醤油《しょうゆ》もかけ過ぎた。それにもかかわらず、醤油の味すら覚えていない。

知らなかった。まさか浅見さんがホープロエクス本社にいる人だったなんて。

なんで？　言う暇がなかった？　タイミングを逃したとか……。ううん。言うチャンスはいくらでもあったはず。そうすると、もしかして単純に言わなかっただけということ……？

まだ目玉焼きが残る皿の上に箸を置き、一点を見て思いつめる。

私に隠していた？　なぜ？　なにか別の理由があって私に近づいたから？

よくない想像をして全身の力が抜け落ちる。その瞬間を見計らったように、携帯がベッドの上で音を上げた。画面を確認すると、まさに今思い悩んでいた人……浅見さんだ。震える手の中で着信音は鳴り続ける。

逃げたい。このまま、連絡も取らず言葉も交わさず……。でも。

「もし……もし」

仕事でもプライベートでも、逃げた先にあるものはきっと後悔と喪失感しかない。前に進めなくとも、せめてこの場に留まらなくちゃだめだ。

そうと心に決めても、半端な覚悟で電話に出たせいで、どんな対応をしたらいいのか考えが定まっていない。

『瑠依、おはよう』

「お、おはようございます」

電話から聞こえる浅見さんの声は、いつもとなんら変わらない。たぶん、レナさんが正体を教えたことを知らないんだ。だとすれば、余計に話を切り出しづらい。

難しい表情で携帯を持つ手に力を込める。当然、私がそんな顔をしているなんて知る由もない彼は、何事もなかったように話を続けた。

『一昨日はありがとう。それと、ごめん。知らない間に寝ていて。気づいたら瑠依の姿がなかったから』

「いえ……」

『すぐ連絡しようか迷ったんだけど、今日までに仕事を終わらせたかったから』

「そう、ですか」

その仕事ってどんなことですか？なんて、簡単には聞けない。

悶々《もんもん》としてひとことだけ返す。心に靄《もや》がかかった私とは裏腹に、浅見さんは明るい雰囲気だ。

『今日、瑠依をデートに誘うためにね。これからどう？』

私、彼の前で無意識になにか社内のことを口にしていたのだろうか。それとも、まだ情報が足りなくて、これから私に探りを入れるために誘っているの……？

疑心暗鬼になってしまって返答が遅れた。その間に、『瑠依？』と名前を呼ばれ、ようやく返事をする。

「は、はい。大丈夫です」

『よかった。じゃあ、どこで待ち合わせしようか』

膝の上で手をぎゅっと握り、一拍置いて顔を上げる。

「浅見さんの泊まっている部屋まで行っても……いいですか？」

『え？　ここに？』

「すみません。確認したいことがあるんです。だから」

うまくごまかすこともきちんと説明することもできず、緊迫した様子で伝えてしまった。浅見さんのことだ。私の異変に気がついたはず。

心臓がドクンドクンと嫌な音を上げている。携帯を持つ手に汗がじわりと滲む。

少しして、落ち着いた声が聞こえてきた。

『わかった。じゃあ、待ってる』

私は鈍いから、勘違いかもしれない。けれど浅見さんの最後の声が、どこか覚悟を決めたものだった気がしてならなかった。

浅見さんは、どこまで勘づいただろう。私が本当のことを知ったとわかれば、どんなことを言うのだろうか。

これからデートとは思えないほど暗い顔。だけど、本人の口からちゃんと聞くことをしなきゃ、なにも変わらない。知らないふりをして会うこともできない。そのくらい、彼に対しては余裕が持てない。

約二時間前の電話同様、再び緊張が増す。私はゆっくり目を閉じ、すうっと息を吸って心を落ち着けた。

【一五〇三】という金色のプレートの下にあるチャイムに指をかける。もう一回深呼吸をしたあとに、勢いをつけて一度ボタンを押した。相手が私だと確信していたのか、応答もなくいきなりドアが開く。

「こ、こんにちは」

私がどぎまぎしてぎこちない挨拶をすると、浅見さんは爽やかな笑顔を見せた。

「待ってた。どうする？　中に入る？」

「……少し、お邪魔してもいいですか？」

俯いて躊躇いがちに口にした。浅見さんは「どうぞ」と道を開けてくれる。

部屋の中はこの前とほとんど変わらない。気づいたことといえば、この間仕事で使っていたであろうパソコンがデスクの上に見当たらないこと。仕事も終わってこれから出かけるつもりだったから、バッグかどこかにしまったのだろう。……たぶん、大事なものだから。

「そうだ。飴ありがとう。久しぶりに食べた」

私の少し後ろに立つ浅見さんが、突如お礼を口にした。

「あっ。嫌いでした？　すみません。私あのとき、ほかになにもなくて」

学生じゃないんだから、あんな差し入れは思い出すだけで恥ずかしい。

頬を赤く染めて振り返る直前、後ろから不意に抱きしめられる。

「いや。大事に食べたよ。ありがとう」

すぐそばで聞こえる声に大きく胸が鳴った。同時に、密着した背中越しにふわりと漂ってきた香りに軽く眉を寄せる。

……思い出した。このにおいは、あの日、会社で開発部に行く途中の階段から仄かに香っていたのと同じ。いや、もしかしたら社内の人が、たまたま浅見さんと一緒の香水を使っていただけかもしれない。

私はそうであってほしいと願い、おもむろに口を開いた。

「いい香りがします。香水ですか……？」

抱きしめられたのが後ろからでよかった。浅見さんの顔をまともに見る自信がないから。

視線を落とし、緊迫した空気の中、返答を待つ。この時間がものすごく心臓に悪い。

答えを聞きたい。だけど、聞きたくない。

往生際の悪いことを思っていた矢先、ついに彼が答えた。

「こっちでは嫌われるものなのかと思ってつけていなかった。バッグににおいがついていたのかな？　そんなにわかる？」

目を見開いて、顔を後ろへ向ける。彼は自分の肩口に鼻を近づけ、香りの濃さを確認しているようだった。私は掠れる声でさらに言う。

「いえ。きついわけではなくて……今まで感じたことがあまりない……いい香りだったので」

試すようなことを口にしている。そんな自分が嫌だと思いつつ、猜疑心《さいぎしん》に負けてしまった。知らないふりができるなら、それが幸せなのかもしれない。そう考えても、もう手遅れだ。

浅見さんは私の意図的質問に、何気なく言う。

「ああ。日本にはないのかも。特に世界的に有名なブランドのものではないから」

彼の回答に胸がしめつけられて苦しくなる。

でも、日本にないかもしれないということは、あるかもしれない。今はネットでいろいろ手に入るし、可能性がないわけじゃない。あの日の残り香が彼のもので、うちの会社にいたのは調査をしていたからだなんて、そんなこと……考えたくない。

これ以上疑うことがしんどくて、ついに核心をついてしまう。

「へえ。珍しいものなんですね。それなのに、前にうちの会社で同じにおいがした気がして……。うちの会社に浅見さんがいるなんて、あり得ないですよね？」

私はなるべく明るく振る舞って言った。『それはあり得ないよ』と笑い飛ばしてもらいたくて。

だけど、浅見さんは微動だにしない。驚いて思わず声を漏らすでも、抱きしめている手を離すでもない。ただ、ふたりの時間が止まったようにそのままだった。

お願い。なにか言って。カッコ悪くてもいいから、なにか言い訳をして――。

「そうか。もう知っているんだね」

私の願いも虚《むな》しく、浅見さんはあっさりと認めた。その声色からは、彼の心情が読み取れない。言葉に乱れも感じられなくて、呆気ない返しだった。

どういう気持ちでいるんだろう。焦ってもいないなら、とうとう気づかれたかといったように、ある程度予測していたのかな。だから、動じる様子が一片も感じられないのかもしれない。

泣きたい気持ちをグッと堪え、唇を噛む。浅見さんはゆっくり腕を動かし、私の両肩に手を置いた。身体をクルッと回され、正面から向き合う。

「だけど、香りだけだったなら瑠依はここに来なかっただろう？　レナに聞いた？」

どう頑張っても顔を上げることはできない。今、彼を見れば簡単に涙腺が決壊するってわかっている。頷くことも困難で、ただひたすら眉根に力を入れ、耐え忍ぶ。

「どうりで、レナの様子が少しおかしかったわけだ」

浅見さんは「ふっ」と小さく笑う。取り乱すこともなく、笑う余裕さえあるっていうことは、こういう結果も想定していたから……？

俯いたまま、浅見さんとのことを細切れに思い返す。

いつか、まだ出会って少ししか経っていないときに『瑠依はやっぱり優しいね』って言われたことがあった。あのとき、『やっぱり』って言葉にちょっと引っかかったけれど、深く気にせずスルーした。そういう情報も、なにかしらで調べていて知っていたってこと？

怖くて手が震える。勝手に調べられていたことに、というわけじゃない。浅見さんが私に向けていた言動が全部嘘で、今、一瞬で消えてなくなるのかという絶望が私を戦慄させる。

足もとに高級そうな黒のビジネスバッグが置いてあった。浅見さんも気がついていないんだろう。その横に、名刺入れを落としていることを。

――『名刺代わりにそれを預けておくよ。いつか、本物と交換する』

初めに言われた。そして、彼の搭乗券を受け取った。約束の名刺は、今もまだもらっていない。

「私のこと……騙していたんですか？」

こんなこと、言いたくはなかった。信じたくはなかった。だけど……心が、引きちぎられそうで。

「なにか有益な情報は得られましたか？　それにしても変ですよね。私のほうが仕事も半人前で迷惑をかけているって十分ご存じのはずなのに、どうして部長を」

このドロドロとした感情を口に出さなければ、精神を保っていられない。嫌な言い方をしているってわかっている。傷ついたからって、傷つけたいわけじゃない。

それでも、私は……。

「瑠依っ……」

「私のことも解雇してくださって構いませんよ」

人を傷つけて、自分を守ることしかできない。

これが、自分にとって大きな影響を及ぼすような相手じゃなかったなら、こんなことはせずに済んだ。でも無理。私の中で、あまりに彼の存在が大き過ぎる。

私は突き放す言葉を残し、振り向くこともせずに部屋を飛び出した。

頑張ったって、なにひとつ報われない。

気づいたら自分の家に戻ってベッドに寝転がり、茫然と天井を見つめていた。

もう……なにもしたくない。だれとも会いたくない。話したくない。このまま消えてなくなりたい。全部、仕事もなにもかも放棄して。

重い腕を動かし、額にのせて、現実から背くように固く目を瞑る。心の中で何度も念じるように繰り返した。考えたくないという意に反して、浅見さんとの思い出が勝手に溢れ出す。

──『絶対つらい日だってあるはずなのに、いつも背筋を伸ばして、意思は前を向いていて──すごく綺麗だと思った』

私バカだ。こんなときにも彼の言葉を思い出して、それに背中を押されるなんて。

静かに目を開け、自分の手を握る。

だれも見てくれてなんかいないと思っていた。浅見さんは、そんな私にいつも笑いかけてくれていた。何度も『頑張ってるよ』って励ましてくれた。

だから、せめて今までの頑張りくらいは自分で認めてあげて、続けなきゃ。

「仕事しよ……」

ひとつでもふたつでも、恋くらいなくなったって生きていける。いや、生きていかなくちゃ。そのためには、きちんと仕事をして、だれかに寄りかかる必要のないくらい、ひとりで立っていられる強さを身につけなくちゃ。

自暴自棄になりかけたけれど、どうにか持ち直して、持ち帰った仕事と向き合う。

結局、今の私を動かす言葉は全部浅見さんのものだ。騙されていたかもしれない。だけど私はもう、彼を本気で好きになってしまった。この事実は変えようがない。

実質的な距離を取ることはできたとしても、心の距離は完全に離れられずそのまま。私の心が彼から離れるのには、まだ時間がかかる。現段階ではそれでも仕方がない。少しずつ、自分の言葉で動ける努力をしていこう。

現状と気持ちを精査して、ちょっとだけ落ち着いた気がする。けれども、なにもしていないとつらいことを思い出して押しつぶされそうになるから、土日はずっと仕事に専念し続けた。

……彼からの連絡は、ない。

パンプスに通した足には、いつしか絆創膏の出番はなくなった。きっと、足が新しいパンプスに慣れてきたからだ。心もたぶん、これと同じ。新しいことへ徐々に順応していく。

会社から出てひとつ目の横断歩道前で、俯きそうな顔を意識的に上げる。渡りながら今日のスケジュールを頭の中で考え、カフェテラスの手前で足を止める。深呼吸ののち、今日も相変わらず確かめる。

携帯。何個かの飴玉。そして、無意識ながらカフェに彼の姿がないことも確認していた。

こんなふうに浅見さんを探すことだって、すぐにしなくなる。短期間のことだったし、数ヵ月もすれば記憶も薄れ、現実だったかどうかすらわからなくなるかもしれない。目の前のことに熱中していたら、過去を思い出すことさえ忘れるかも。

だったら、今の私がすべきことはひとつ。

「よし」

小さく頷き、ヒールを鳴らして歩いていく。仕事に集中するようにして、カフェを通り過ぎていった。

担当エリアがちょっと広がって、まだ数回しか訪問したことのない個人病院の小児科にやってきた。そこは、四十代後半で鋭い目つきをした強面の先生がいる。声は低いし、言葉も少ない。さらには、いつもマスクをしているから表情があまり読み取れない。どうしてそんな人が小児科医なんてしているのかというのが、正直なところだった。

しかし、先生が実は子煩悩で、日々自分の子どもだけでなく、来院する子どものことを考えている人なのだと看護師さんから聞いた。恐る恐る仕事とは関係のない話題を振ってみたら、今まで聞いたこともないくらい流暢《りゅうちょう》に言葉が出てきて驚いたのは、ついこの間の話。

「おはようございます。お忙しいと思いますので、前回とは別の資料だけ置いていきますね」

「ああ。この間の、あなたが勧めていたやつ。使ってみてもいい」

「え?」

前回話が盛り上がったからって、今回グイグイ営業をかけようとは思っていなかった。資料と販促物のクリアファイルだけを渡して帰るつもりだったのに、突然ぶっきらぼうにいい返事を聞かされ、戸惑いを隠せない。

「ほ……本当ですか?」

まさか先生のほうから話を振ってくるなんて、思いもしない。驚き棒立ちしている私に、先生はパソコンを弄りながら抑揚のない話し方で答える。

「僕は、いつも怒っているように見られても、嘘をついているように見られたことはないんだけど」

ぶすっとして言われ、せっかくの話がふいになるかもしれないと周章する。

先生は一切私のほうを見ず、パソコンを操作している。ハラハラしていると、先生が手を止めた。

「あなたの会社のことは正直まだ詳しくわからないけど、あなたのことはなんとなくわかったし」

ぼそっと口にされた言葉はどうにか聞き取れたものの、理解までには及ばない。私は小さく首を捻り、軽く眉を寄せた。

「あとは受付にいる僕の家内に伝えてあるから。そっちへ行って」

「は、はい。ありがとうございます！」

質問することもできぬまま、診察室を出る。やっぱりよくわからなくて、左右交互に首を傾げながら受付へ向かう。

「すみません。あの……先生にこちらに来るように言われまして」

「あ、城戸さんですね。お薬の採用の件ね」

にわかに信じがたいことだったけれど、ちゃんと話が伝わっていた。戸惑いながらも同意書などの必要書類を手渡し、簡単に説明し終えると、奥さんが私を見上げた。

「実は偶然にもこの間、城戸さんが来た日に久しぶりに顔を見せに来てくれたんですよね」

「え？　すみません、話がよくわからなくて……。来てくれたというのは？」

だれかと勘違いしている？　もしかして、今回の採用の話も私じゃないんじゃ……。

窺うように聞き返す私に、奥さんは笑みを浮かべてみせる。

「津田《つだ》瑛太くん。ご存じですよね？」

「瑛太くん？　え、ええ。でもどうして」

「あの子、もともとうちに通っていた患者さんなんですよ。いつも退院したあとに報告に来てくれるんです」

急に瑛太くんの名前が飛び出してきて驚いた。

瑛太くんのかかりつけはこの病院だったんだ。こんな偶然があるなんて。

不思議な縁を感じ、顔が綻ぶ。

「瑛太くん、元気でしたか？」

「ええ。いい顔していましたよ」

久しぶりに瑛太くんと触れ合えた気がしてうれしくなる。

ん？　でも待って。

「どうして、私が瑛太くんを知っていると？」

そんな話はひとこともしていない。この間先生と話が盛り上がったといっても、もちろん患者の話は一切しなかったし、月島総合病院の話だって出なかった。

すると、奥さんは受付のペン立てからボールペンを手に取った。

「私がこれを使っていたのを見て、瑛太くんが反応したんです。『お姉ちゃんといっしょだ』って。お母さんに聞くと、『懐いていた女性はこのメーカーに勤めていたようです』と。容姿など話していて、あなただろうって話になったんです」

奥さんがクスリと笑って手の上にのせたボールペン。それは、前回私が置いていった会社名入りのボールペンだった。

「主人も、時折思い出すくらいあの子のことを心配していたので。月島さんでよくしてくれたのが製薬会社の人だと話を聞いて、あなたに興味があったみたいですよ」

奥さんは口もとに手を添え、おかしそうに話す。

「だから、直接会って満足したんじゃないかしら」

私はきょとんとして奥さんを見つめる。彼女はいつまでもピンときていない私に苦笑して、優しく教えてくれた。

「あなたのこと、『患者を第一に』という、自分と似た思いを抱えている同志だと認めたんだと思うから」


一日のスケジュールをだいたいこなして、社に戻った。雑念を取り払うように、休憩もほとんど取らずに歩き回っていたからくたくただ。疲れのあまり、大して周りも見ず挨拶を口にする。

「ただ今戻りました」

「おお。お疲れさん」

「ぶっ、部長！」

それに反応してくれたのが部長の声で、一気に意識がはっきりする。

今朝は部長が席を外していて会えなかった。つまり、部長が退職すると知ってから、今初めて顔を合わせる。

聞きたいことはたくさんある。でも、なにからどう言えばいいのか。

「なんだなんだ。なにかあったのか？」

「なにかって……」

あまりに私の表情が深刻だったのかもしれない。部長は心配そうに近くにやってくる。けれども、周りをチラリと見回せば社員が数人いるし、ここでストレートにあの件を口には出せない。

「あ……ええと、一件採用していただけて……」

「本当！　それはよくやったね」

「あ、ありがとうございます」

ごまかすために、話題を逸らす。部長はなにも気づいていないようで、満面の笑みで褒めてくれた。

どうしよう。いつ切り出そう。内心そわそわと落ち着かなくて素直に喜べない。

すると、部長が口の横に手を添え、こそりと言った。

「城戸さん、今日は予定あるのかな？」

「え？　いえ、特には」

「じゃあ、嫌じゃなければ食事でもどうだろう。変な意味じゃないよ。この間と今日と、採用が続いたお祝いに」

「そ、そんな。私はただ仕事をしただけで」

急な提案に目を剥いて首を横に振る。警戒心があるわけではなくて、本当に恐縮しているだけだ。だって、仕事の成績はお世辞にもよくはないから。

困惑した顔を向けると、部長は一瞬寂しそうに笑う。

「……もう、部長として祝ってあげられなくなるから。最初で最後に」

そんなふうに言われてしまうと、なにも返せない。小さな声で「じゃあ……」とお言葉に甘える意思を伝えると、部長は笑顔を残してデスクに戻っていった。


部長と約束しているから、早く仕事を終わらせた。驚いたのは、部長に連れられていった店が知っているところだったこと。

「しゃれっ気のないところで悪いね。そういう店はまったく無縁だから」

「……いえ」

「あ、焼き鳥嫌いだったかな?」

ここは、前に浅見さんと来た店だ。

まだ記憶に新しい店構えを見て立ちつくす。

「いえ。好きです」

口角を上げ、ひとこと返し、部長を追って暖簾をくぐる。出入口に立ってすぐカウンターが見える。

右手の席に座ったな……浅見さんと。

今はほかの客が座っている思い出の席を横目に、別のふたりがけテーブル席に腰を下ろした。部長が「昔からたまに会社帰りにここに寄るんだ」と話をしながら、慣れた様子で注文を済ませる。頼んだビールがふたつ来て、私たちはジョッキを合わせた。

「お疲れ様です」

「今日は遠慮しないで食べて」

お通しから始まり、次々運ばれてくる皿を前に、部長は何度もそう言い気遣ってくれていた。

部長は今までいつもそうだった。新人で右も左もわからない私に、懇切丁寧に仕事を教えてくれた。少し仕事の流れがわかって、ひとり立ちさせてもらった今は、毎日帰社するたび、『お疲れさん。どうだった?』と声をかけてくれる。その日の営業結果の聞き方も全然圧を感じなくて、フォローの言葉をくれるくらいだ。

そんな部長がいなくなるなんて。

「あの……本当に辞めちゃうんですか?」

寂しさが込み上げて、涙が出そうになる。

部長が私の部長ではなくなる不安は、異動もあるわけだし、ときどき感じていた。だから、ずっと上司でいてくれなんて無茶は言わない。だけど退職なんて寝耳に水で、気持ちが整理できない。

私は潤んだ目を部長に向ける。

「ああ。突然で驚かせて悪かったね」

部長はばつが悪そうに視線を落とした。

「こんなこと聞くのはなんですが、どうして……」

もしも、今回のことが理不尽な解雇だったなら、なにか方法はないのかな？　解雇を覆せるような、なにか。

歯をグッと食いしばり、必死で良案がないか考える。部長は微苦笑を浮かべ、小さく首を横に振った。

「まあ、時期が来たとしか言いようがない」

「時期って。だって、部長は定年までまだあるじゃないですか。それを、会社の都合で一方的に言われただけなら」

「いや。違うんだ。リストラされたわけじゃない。依願退職なんだ」

「えっ……」

てっきり会社の都合で辞めさせられるのだと思い込んでいた。予想と異なる回答に言葉を失う。

「依願退職という形にさせてもらえただけ恵まれているよ。前に善因善果と君に話したけれど、私の場合は因果応報かな」

ぽつりと紡がれる話。それは、つい最近の出来事だったと思い出す。

部長は、頑張っているんだからいつか報われる、というようなことを言って励ましてくれた。あのとき少し気持ちが救われて、前を向こうって思ってきたけれど……。

ちゃんと頑張ればそれが結果に繋がるのかどうか、わからなくなってきた。だって、部長も……浅見さんも、私の前からいなくなる。大切な人が離れていく。頑張ったって望むような結果を得られないことがあるって、身に染みてわかったから。

「よく、わかりません……」

消え入るような声でつぶやいた。自分の手を重ね合わせ、膝の上で握りしめる。

「城戸さん」

俯いた私に、部長はいつもと同じ柔らかい声色で名前を呼んだ。少しずつ視線を上げていく。

「採用おめでとう。これからも頑張って」

部長は口もとに緩やかな弧を描き、再びジョッキを持って、私のジョッキに軽くぶつけた。

「さあ。食べよう」

あまりに安穏な空気に、部長が辞めるなんて嘘なんじゃないかと思った。もっと殺伐としていたり、落ち込んだりしているものだと思い込んでいたから。

なんで、笑っていられるんですか……？

心の中で問いかけるも、当然部長には届かない。同時に、本当に浅見さんが関わっているのかどうかも自信がなくなった。

部長と別れて駅へ向かう。時刻はもうすぐ夜十時。まだ辺りには人がちらほら見られる。結局あのあと、核心に触れるような話はもうできないまま、他愛ない話をして焼き鳥を食べた。

心に引っかかりを残し、とぼとぼ歩く。そこに着信を知らせる振動がバッグの中から響いてきた。こんな時間に電話をくれる相手といったらひとりしか思い当たらない。

ハッとしてゴソゴソとバッグを探り、藁《わら》にも縋る思いで携帯を取り出した。この着信が彼で、ここからまたやり直すことができるかもしれない、と無意識に考える。

携帯を握った手をバッグから引き抜く際に、手帳がバサッと地面に落ちた。私はそれを拾うこともせず、鈍い音をたてる携帯を茫然と見つめる。

少し迷ったけれど、すぐに画面をスワイプして携帯を耳に当てた。

「もしもし。城戸です」

『遅い時間にすみません。今、少しよろしいでしょうか？』

「構いませんけど……。どうかされたんですか？　レナさん」

車が風を切って走っていく拍子に、手帳が捲れる。パラパラと動くリフィルに半分隠れて、レナさんの名刺がちょうど見えた。

『今、外ですか？　どちらにいます？』

「え？　今はまだ社の近くの駅付近で……」

駅の方向を見て答え、手帳をようやく拾い上げる。

『迷惑ついでに言ってしまいますが、今からお会いできませんか？』

まったく予想もしない誘いに、一瞬どうしようか考える。もう私には彼女に会う理由はないし、なによりも彼の近くにいる人と接触するだけで、また私の中の時間が止まってしまいそうだったから。……だけど。

「わかりました」

行動しない後悔よりも、行動して後悔するほうがいいって何度も言い聞かせていたのは自分自身。

これから先、どんなことがあっても後ろを振り返ることのないように、と。


なるべく近くてわかりやすい店を指定したためか、レナさんはあれから三十分もかからずにやってきた。彼女はカウンターに座っていた私を見つけ、すました顔のまま向かってくる。目の前に立つレナさんを見上げた。

いったい私になんの話だろう。

「この間は、不躾《ぶしつけ》な態度を取ってしまってごめんなさい」

すると、仰々しく頭を下げられ、吃驚した。

「えっ……ちょっ、そんな」

狼狽えた私は、バーテンダーの視線を気にしながら両手を横に振る。

「だけど、あれは私の本心。あなたが総にとって、邪魔な存在でしかないと思っていたから」

レナさんは頭をスッと上げた途端、辛辣な言葉を口にした。あの日のことを全撤回するために私に会いに来て、謝罪をされたものだと勘違いしてしまった。恥ずかしい。

なにも言えなくなって、気まずい思いで視線を落とす。

「あ……あの、よかったら隣に」

たどたどしく隣席を勧めると、レナさんは軽く会釈して腰を下ろした。バーテンダーに「同じものを」とだけ告げて、カウンターの上でそっと手を組む。私は目線が定まらず、カンパリオレンジの入ったグラスに触れる。

「でも、違ってた。〝総にとって〟じゃなく〝私にとって〟だった」

レナさんが急に言った。私は緊張もあって、まだ内容をちゃんと脳に伝達できない。

違ってたっていうのは、邪魔な存在かどうかっていう話……だよね？

右に座るレナさんに、おどおどと目を向ける。彼女は堂々としていて、微動だにせず続けた。

「あなたは、どこまで彼のことを知っています？　なにを教えてもらったの？」

「えっ……。私は……本当になにも」

浅見さんのことを、私はなにも知らない。

その事実は自分でもわかってはいたけれど、『よく知っている』と豪語した人を前にして認めると悲しくなる。グラスをぎゅうっと握り、僅かに唇を噛んだ。

レナさんは私を一瞥《いちべつ》する。

「あなたは彼にとって、その程度の存在――そう思っていた」

途中まで聞いていて、胸にグサッと突き刺さった。気づけば手は震え、自分で思っていたよりずっと、傷つくことに怯《おび》えているのだと知る。

これ以上、私にどんな仕打ちをすれば気が済むの……？

「だから本当のことを話していないんだ。話す必要性がないと判断しているのだ、とね。でも、実際は逆だったみたい」

「逆……？」

私は掠れた声を出し、首を捻る。レナさんは正面を見たまま答えた。

「大切だから、本当のことを話せない。伝えなければならないのに、失うのが怖いから、それができない。おそらく総は、今までそんな気持ちだったんでしょう」

これは、本人が口にしていたわけじゃない。レナさんの見解だから、鵜呑みにしたらだめ。理性ではそんなふうに自分を諭すのに、本心は違う。

それが本当のことなら、どれだけうれしいか。もしも、彼のしたことが私を間接的に傷つけたことであっても、やっぱり好きな気持ちは消えない。今レナさんが言ったように、浅見さんがもし、私のことを思っていてくれるなら……。

封印したはずの感情が容易く解放される。あの人のことを考えるだけで、こんなに心音が大きく響く。

そのときレナさんの前に「どうぞ」と、私と同じグラスが置かれた。彼女はそれを艶やかな唇に持っていき、ひと口含んだ。

「そうかといって私が多くを語るのは違うと思うから、これ以上は黙ることにするわ」

少し間を置き、氷がカランと崩れる音のあと彼女は口を開いた。

「ただ、ひとつだけ」

僅かにレナさんの声のトーンが落ちた気がして眉をひそめた。レナさんはグラスをコースターに戻す。

「あなたの部長の件。……彼を辞めさせたのは確かに総よ」

私は大きなショックを受け、落胆した。

「やっぱり、そうなんですね……」

力なくひとこと漏らし、肩を落とす。

部長の件も白だったら……。本音ではそう思っていたから。事実だとはっきり聞かされて、希望の光が消えた気がした。

暗い目をして固まる。レナさんの視線を感じていても、向き合う余裕もない。そこで、さっきまでとは違ったきつい口調で窘められる。

「勘違いしないで。総の沽券《こけん》に関わるから言うけれど、会社都合のレイオフやリストラという理由ではないわ。あの部長自身に問題があったのよ」

「も……問題？　どういう意味ですか？」

レナさんが話すことは、さっきから私を翻弄してばかり。今度も予期せぬことを言うから、落ち込んでいる暇もない。

珍しくレナさんが顔を逸らした。私の目を見ぬまま、ぽつりと漏らす。

「うちの今開発中の新薬情報を、他社に流そうとしていたから」

「え……？　そ、それは故意に情報漏洩《ろうえい》しようとしていたってこと……？　まさか、部長がそんなことをするわけ……」

「どのIDでどんな操作をしていたかなんて、総にかかればすぐわかること。なにより、本人が認めたから退職することになったんじゃない」

私の異論にレナさんはぴしゃりと言い捨てる。確かに浅見さんの正式な立場を知った手前、納得せざるを得ない。

「どうしてそんなことを」

もしかしたら、部長の意思じゃなくてだれかに脅されてやったとか？　って、なんで部長が脅されるようなことがあるの？　やっぱり全然わからない。

「彼なりに事情はあったみたいね。彼の同期でもある開発本部長を犯人に仕立て上げて、蹴落としたかったというところかしら。過去に、その本部長は彼を裏切って仕事の手柄を横取りして昇進したみたいだし」

「嘘……」

開発本部長を？　裏切るっていったい……。

部長が開発本部長と同期っていうことも初耳だった。怨恨を抱えていることだって気づきもしない。

私だけじゃない。ほかの社員だって絶対知らないよ。噂にもなっていなかったもの。

「まあ、そういうこと。ただ、本来なら事実を晒《さら》されて解雇。もしかしたら起訴でもされるかもしれないところを、直前で未遂だし、罪悪感を抱えていたのを察して依願退職扱いにした」

直前で起訴を回避？　それは……。

「浅見さん、が……？」

声が震える。

「ほかにだれもいないでしょ。本社にはそこまでの報告をしていないもの」

彼は、やっぱり彼だ――。

私が思っていた通り、優しくて懐が深くて、すごく強い人。

きっと、今回の件は口で言うほど簡単なことじゃなかったはず。自分の立場もあるだろうし、本社にも日本支社にも行動を悟られないようにしていたんだ。そんな危険を冒してまで、部長を罰さないように取り計らっていたなんて。

「総が日本に来た本来の目的は社内インフラ改革なのよ？　それを、ついでにって軽く上が命令してきて調査したらこれだもの。余計な仕事だったのよ。それなのに、総は穏便に済ませるためにいろいろと……」

忙しそうにしていたり、だれかに裏切られたらどうするかと悩んでいたのはこういうことだったんだ。本来の仕事もあるのに、他人のことを考えて……。

「それもこれも、あなたのため」

「え？」

目を丸くしている私に、レナさんが苛立ちを見せる。握った拳を一度カウンターに打ちつけ、声をやや荒らげた。

「鈍感ね！　あなたが信頼を寄せている上司だったから、総はできるだけ大事にしないように、あなたが傷つかない方法を考えて先回りして対処したんじゃない！」

彼女の綺麗な顔が、初めて苦渋に歪《ゆが》んだ。

私のため……？　浅見さんが言っていた『もし裏切られたら』という話は、私が浅見さんに……ということじゃなくて、私が部長に裏切られたらどう思うかっていうことだったの？

今になって、思い違いをしていたことがわかる。

「それじゃ」

レナさんは茫然とする私を置いてカウンターにお金を残し、立ち上がる。私は慌てるあまり、おしゃれなバーなのに派手に椅子の音をたて、不格好にもよろけた。

「あのっ。どうして、わざわざ私にそこまでっ……」

レナさんが私のことをよく思っていなかったのは、この間ひしひしと感じた。それなのに敵に塩を送るようなことをするのは、なぜ？

腑《ふ》に落ちなくて呼び止めた私を、レナさんはゆっくり振り返る。

「……私情を挟んで総の正体とか、いろいろ口を滑らせてしまったから。その罪滅ぼしみたいなものよ」

レナさんは襟足から手を入れ、髪を靡《なび》かせる。まるで映画のワンシーンのように、長い睫毛を伏せて赤い唇をゆっくりと開くレナさんを見つめる。

「それに、彼があんなに落ち込むのを見るのは今までになかったから……」

彼女はひとりごとのように言い残し、悄然《しょうぜん》として去っていった。

レナさんから聞いた話を、家に着くまでの間ずっと頭の中で繰り返す。そして浅見さんを思う。

私は結局、社内で耳に入った話と浅見さんの僅かな言葉で、勝手に結論づけていた。きちんと彼を見ることをしなかった。それじゃあ、テストの点だけで私を判断していた父と同じようなものじゃない。

――『浅見さんはフォローを忘れない人だと思います』

自分でそう言ったのに。そうだよ。どうして彼が、なんの理由もなく他人を貶《おとし》めるだなんて思ったの？　あんなに優しい眼差しをしているのに、なぜ突き放されただなんて思ったの。そういう人じゃないって、信じなければいけなかったのに。

浅見さんは私のことをよく見てくれていたのに、私は全然彼のことを見れていなかった。そのことに気づくと、どうしようもなく浅見さんに会いたくなる。

でも今はもう日付が変わるところ。いくらなんでも、この時間から会いに行くのは迷惑だ。そうかと言って、こんな気持ちのまま明日まで待っていられない。

私は悩んだ末に、携帯電話を取り出した。

もう、迷わない。

自宅アパートが目前にもかかわらず、その場に止まって携帯を操作する。コール音を耳に入れ、再び歩き始めたとき、電話が繋がった。

『はい。まだ、なにか？』

私は浅見さんにではなく、彼の秘書であるレナさんに電話をかけた。

「さっき別れたばかりなのにすみません。でも、最後にひとつだけ。秘書のレナさんに、お願いしたいことがあるんです」

深夜だというのに、つい必死になって声が大きくなる。

『内容によるわね』

「明日、浅見さんのお時間を私にいただけませんか？」

レナさんが電話の向こうで『えっ』と驚いた声を漏らす。

「数分でもいいです。何時になっても構いません」

浅見さんの邪魔をしないように、きちんとアポイントメントを取ろうと思った。今さらだと思われるだろうけれど、誠心誠意向き合おうとしている気持ちを少しでも全うしたくて。

レナさんは突拍子もないお願いに、少し戸惑っているようだった。きっと普段ならすぐに対応していると思う。それなのに、彼女の返答はちょっと間が空いた。

『……夜九時過ぎならホテルに着いていると思うわ。よければ私から彼に伝えておきましょうか?』

「いえ。明日、伺う前に自分で連絡をします。お気遣いありがとうございます」

『……そう』

私は「じゃあ」とひとこと返し、電話を切る。

明日、浅見さんに会ったら一番に謝ろう。そして、伝えよう。

〝浅見さんの優しさは、ちゃんとだれかを守れています〟と。

夢を見た。それは、まだ自分が幼かった頃の記憶。

あるときのテストで、クラスの中で一番を取ることができた。満点ではなかったけれど〝一番〟に頬が緩む。自分なりに頑張った成果だと喜んだ。

その日、寝る時間を過ぎてもまだ起きていたのは、それを父に見せたかったから。

でも、帰ってきた父からは、想像していたような態度も言葉もなかった。

部屋でひとり、声を押し殺して泣く私の頭に、だれかの手が置かれる。

大きくて、優しくて、温かい。

ゆっくり目線を上げた先で、私を見下ろしていたのは……。

あまりいい夢ではなかったせいか、スッキリしない朝を迎えた。

いや、夢が原因じゃない。理由は早く浅見さんに会いたかったから。そのせいで眠りも浅かったんだろう。

油断すると気持ちが今日の夜に向かってしまいそうだった。それを堪え、仕事をひとつひとつ丁寧にこなした。新しい採用の話など大きな成果はなかったものの、訪問先との関係はよくなってきていると思う。

日課の報告書を作成し、デスクを整頓して席を立ったのは午後八時前。数名残っている社員に挨拶をし、会社を飛び出した。

私はまっすぐ浅見さんのホテルへは向かわなかった。今から行くと、予定よりも三十分くらい早く着いてしまいそうだったためだ。

とりあえず近くのデパートに足を運び、和菓子屋へ入る。外に出たのは、それからまた二十分経った頃。

今から向かえばちょうどいいかな。

腕時計を確認して、いよいよだ、と浅見さんがいるであろうホテルに足を向ける。ホテルに辿り着くとロビーの手前で一度立ち止まり、携帯を手に持った。発信先はもちろん彼だ。

『……瑠依？』

浅見さんが突然の電話に戸惑っている間に、息をすうっと吸う。

「今、ホテルの前にいます。会っていただけませんか？」

ホテルを見上げて言い、返事を待つ。

『わかった。待ってる』

彼の言葉少なな対応に、少し勇気が挫けそうだった。それでも、私は大きく一歩踏み出した。

ロビーを闊歩し、エレベーターホールで足を揃えた。横のガラスに映る自分が不意に目に飛び込む。そこには、自然と背筋が伸びている私がこっちを見ていた。

エレベーターの中で脈が速くなっていくのを感じる。十五階に着いて、それはさらに加速した。

大丈夫。昨日からずっと伝えたいことを頭で繰り返してきた。もし言葉を忘れたとしても、心に忠実にまた考えればいい。

浅見さんの宿泊している部屋の前まで来て、躊躇うことなくチャイムを鳴らす。ほどなくして静かにドアが押し開けられた。

「瑠依」

浅見さんは少し気まずそうに私を見る。気まずいのは私も同じ。それに、私のほうが、きちんと彼の言い分も聞かずにこの部屋を出ていったから非がある。

「突然すみません。私、いろいろ誤解をしていたみたいで……」

とにかくまず謝ろうと思っていたのもあって、ドア先で深く頭を下げた。

「瑠依、やめて。まず中に」

腕を軽く引かれ、部屋に入る。触れられた箇所が熱を帯びていく。浅見さんを見上げると、彼は困惑した横顔だった。

やっぱり今さら迷惑だったのかもしれない。その表情に二の足を踏んでしまいそうになる。だけど、思うことは伝えようって決めてここに来た。

俯くのをやめ、前を見る。

「部長のこと、浅見さんは助けてくれたんですよね」

「なんでそれを……。またレナか」

浅見さんは、私の話に初めは驚いていた。でも、すぐ情報元に気づくと一笑して、ベッドの角に浅く腰を下ろす。笑ってはいるけれど、浅見さんの言動の誤解が解けて安心したという笑顔じゃない。どこかまだ壁がある。

「俺の力じゃないよ。これも父のおかげだ」

言っている意味がよくわからなくて、つい黙ってしまう。浅見さんは私の気持ちを察し、噛み砕いて説明してくれる。

「彼が俺の言葉をすんなり聞き入れてくれたのは、昔、彼の上司が俺の父親だったから。要するに、世話になった上司の息子だから説得に応じてくれただけだ」

自嘲気味に言う浅見さんは、珍しく皮肉めいて冷笑する。彼の心が『助けて』と訴えているように思えて、必死になって言葉を紡ぐ。

「今回のことではっきりしました。浅見さんの存在は、もう簡単に私の中からないものにはできない」

すると、浅見さんの表情が変わった。笑顔が消えて、瞳を揺らしている。

もう少し。あとちょっとで、壁を壊せるかもしれない。

この好機を逃すまいと畳みかける。

「簡単に忘れられないんです。浅見さんがくれた言葉や温もりや、笑った顔が……」

こっちを見てほしい。素顔を見せてほしい。

その一心で語りかけ続ける。

「浅見さんが前に言っていたこと……。私も、浅見さんにいつもそばで受け止めて抱きしめてほしい」

焼き鳥屋で食事をした日のこと。あのとき、彼が言ってくれた言葉はずっと心に残っている。

──『どんなになっても、いつもと同じように受け止めて、抱きしめてくれそうだ』

びっくりしたけれど、すごくうれしかった。なんの取り柄もない自分でも、だれかに必要とされているんだって思わせてくれたから。それなのに、私はそういうことを言われ慣れていなくて、すぐに気持ちを伝えられなかった。

「だから、もし浅見さんもなにかあったなら、ひとりで抱え込まないで。私も私なりに抱き止めます。これからは、ちゃんとあなたと向き合う。もう逃げないから」

ベージュの絨毯《じゅうたん》の上を一歩ずつ進み、浅見さんの前で止まった。彼はまだ私を見ようとしない。

出会ってからずっと、私ばかり手を差し伸べてもらっていた。一緒にいたい人なら、どちらかだけが寄りかかっていちゃだめだ。それに気づかせてくれたのはこの人。

うまくできなくても間違ったとしても、怖がらないで自分を曝け出し、正面から向き合う勇気をくれた、大切な人——。

手にしていた荷物を床にドサッと落とす。両手を浅見さんへ伸ばし、自分の胸に彼の頭を閉じ込める。さっきまでピンと伸ばしていた背筋を、浅見さんを包み込むために丸めた。

もっと近づきたい。抱きしめたい。

「本当は……しんどかった」

腕の中からぽつりと聞こえた。私は浅見さんの旋毛《つむじ》に鼻先を埋めたまま聞き返した。

「……今回の件ですか？」

「いや……。昔から、ずっと」

浅見さんは、『ずっとしんどかった』だなんてまったく感じさせないくらい完璧な人だった。私には、なにもかもうまくやってきたように映っていた。でも、実際はそうではなかったことが今証明されている。

これまでつらいことを隠し続けていたのなら、どれだけ毎日頑張っていたのだろう。

胸の奥が切なくしめつけられる。

私は体勢を変えず、浅見さんの話に耳を傾けた。

「小さいときから、東洋人ってことで揶揄《やゆ》されることは少なくなかった。中には急に態度を変えられたこともあったよ。昨日までのことは夢だったように」

——『それまでの現実がなくなる。まるで泡沫みたいに』

浅見さんがぽろっと零していた言葉が脳裏を過る。

ああ。前に口にしていたのは、このことだったんだ。あのとき私が直感したことは間違っていなかった。

彼はさらに言葉を紡ぐ。

「だけど負けたくなくて、勉強もスポーツもなんでもこなすために努力してきた。見返してやる。なにも言えなくさせてやるって思って」

一驚して思わず目を丸くした。

そういうことって、どこにでもあるんだ。容姿や国籍なんて生まれ持ったものでどうしようもないし、なんの罪もないのに。その人となりを量るのに一切不要なことでしかないのに。

努力をしている人だとは思っていた。ただ、だれかを負かすためだとは想像もしていなくて。

自分のことのように悔しくなって、唇をきゅっと噛む。

「レナも同じような経験をしていた。だから俺たちは共感することが多かった。それでも、そんな彼女ですら一度も俺に言ったことはないよ」

「え……？　なにを……？」

「頑張らなくてもいい、だなんて」

浅見さんはそう言うと、笑いを噛み殺す。

「浅見……さん？」

笑っている理由は私が前に口走ったことなんだろうけれど、そんなに笑われるようなことかな。

「ああ、ごめん」

反応に困る私をよそに、浅見さんはまだおかしそうにしている。呆気に取られて腕を緩めると、彼は私を仰ぎ見て莞爾として笑う。

「頑張ってるとか、頑張らなくてもいいとか言われるくらい、肩に力が入っていて疲れているなんて気づかなかった。でもそれよりも」

浅見さんに触れられた左頬が、みるみる赤みを帯びていくのがわかる。指先だけでこんなに熱くさせられるのは彼しかいない。

「そんな簡単な言葉で、こんなに心が軽くなるなんて知らなかった」

久しぶりに目が合っただけで、どうしようもなく胸がしめつけられる。愛おしい気持ちってこういうことなんだ。生まれて初めてわかった。

「私は知っていましたよ」

ぽつりと答え、彼の濡《ぬ》れた眼差しと向き合う。黒褐色の虹彩に引き込まれ、目が離せない。美しい瞳を瞬きもせず見つめ、うっすら口を開いた。

「それは浅見さんが教えてくれました」

頬に添えられた浅見さんの手に、自分の左手を重ねる。彼に触れれば、抱きしめたいと何度でも思う。

「今日、夢を見たんです。昔の夢でした。褒めてほしい。認めてほしい、って私は心の中で叫んでいるんです。それなのに、とうとう口にできなかった」

瞼を閉じ、浅見さんの温もりをいっそう感じる。

「夢でも現実でも、泣いている私を救ってくれたのは浅見さんでした」

「……俺が？　瑠依にずっと隠し事をしていたのに？」

浅見さんは自嘲し、わざと軽い口調で言った。私は静かに瞼を開け、浅見さんの手を両手で包み込んだ。

「それは、私のために隠していたんですよね？」

自惚《うぬぼ》れたことを言えるのも、あなたが誠実で人のためにしか嘘をつかないって知っているから。

私が問うと、彼は視線を逸らして弱々しい声を出す。

「いや。俺は瑠依に知られるのが怖くて……騙していたのは事実だったから」

自信に満ちているところを見ることが多かった。こんなふうに意気消沈する姿は考えられなかった。ただ、私はどんな浅見さんでもそばにいたい。いてほしいと心の底から思っている。

「だけど、レナさんを責めることも私に言い訳することも、自分の立場から逃げることもしなかった。私はそれで十分です」

彼の大きな手は私の両手からはみ出るくらいで、私は祈るような格好で自分の額をくっつけた。

「浅見さんの手は、やっぱりだれかを守る力があると思います」

家柄とか肩書きとか関係なく、この手で他人を守ろうとしてくれる人だ。だって、この体温にこんなにも安心させられる。

「俺が初めて知った瑠依は、仕事もパッとしなくて自己主張も弱そうで、目に余るほどだった。同時に、承認欲求が強いのもわかった」

「だから、私を認めてくれるような言動をしてくれたんですね」

初めから私の欲しいものがわかっていて、意識的にそうしてくれたんだ。そう思うと少し悲しくなった。

すると、あっという間に今度は浅見さんが私の手を包み込む。

「俺はお世辞で人を褒めるほど優しい人間じゃない。本当に頑張っていると思ったから、瑠依を応援しただけ」

腕をクイッと手前に引かれ、ベッドの上でバランスを崩す。そのまま私が浅見さんを押し倒す体勢になってしまった。

浅見さんは動転した私を仰ぎ見て、頬を撫でた。

「そうして気づけば、瑠依のそばにいたくなった。それだけだよ」

「……もっと頑張っている人だっているのに？」

頑張りはだれかと比べることではない。私は苦しくなったとき、ときどき自分にそう言い聞かせていた。裏を返せば、そんなふうに言い聞かせなきゃならないくらい、他人と比べてしまって自信を持てずにいたということだ。

彼は熱い視線を向け、ゆったりとした声で言う。

「確かにね。でも、これぱかりは言葉じゃ説明できない。俺の全部が、瑠依がいいって言ってる」

後頭部に回された手に誘導されて、まるで私からキスを落とすようだった。いや、もしかしたら本当に、自ら口づけたかもしれない。

そっと唇を離し、伏せていた睫毛を上向きにする。

「あ、あの……そういえば私、和菓子を……んっ」

気恥ずかしくて適当な話題を口に出しかけるも、すぐ強引に頭を引き寄せられ、もう一度唇を重ね合わせた。啄《ついば》むようなキスを何度か繰り返されたのち、囁かれる。

「俺の口は、こっちがいいって言ってる」

そのあとはお互いの温もりを求め合い、シーツの波に呑み込まれる。深く堕ちていく感覚に、甘い息苦しさを感じた。

ひとりの人にここまで溺れ落ちるのは初めてだった。身体を重ねている間、一瞬、幸福感よりも恐怖感に襲われた。

こんなに好きになってしまっていいのだろうか。私の存在は、彼にとって負担になったりしないだろうか。自分が求めて、相手に同じように求められる。そんなことは今まで経験したことがなかったから。

憂色を濃くしていた私の手を、浅見さんが指を絡ませて握った。

「……瑠依。ありがとう」

もう片方の手を動かし、繊細な指先で私の毛先を滑らせる。心地いい声で与えられた言葉に、自分の存在をまるごと受け止めてもらえた気がした。

大丈夫。この手を握っていられたら、きっとなんでも乗り越えられる。


長居をするつもりはなかったのに、今は夜の十時半を過ぎたところ。シャワーを借りて出ると、ソファに座る浅見さんがまんじゅうを食べていた。

「瑠依、ありがとう。これ美味しいよ。餡子《あんこ》って不思議な甘さだな。意外にたくさんいけそう」

「いいえ。お口に合ってよかったです」

私が手土産に持参したものは、ベタだけれど和菓子の詰め合わせ。海外生活の浅見さんって、あまり口にしたことがないのかなって思って。それに、今まで蕎麦とか焼き鳥とか、興味を持って楽しそうに食べていたから。

「瑠依もここ座って食べなよ」

ソファの上に手をポンと置いて、食べかけのまんじゅうを私の口もとに差し出す。

私はおずおずと隣に腰を下ろし、羞恥心を抱きながらも素直に口を開いた。

「あ、美味しい」

恥ずかしさも忘れ、口内に広がる上品な甘さに思わず感想を零していた。

「なんだ。瑠依も食べたことなかったの？」

「実はこのお店、最近知って」

浅見さんはおかしそうにクスクス笑う。些細なことがとても幸せで、今食べた優しい味がより美味しく感じられた。

ふと隣を見ると、浅見さんはお菓子が置いてあるサイドテーブルのほうを見ていた。なにか考え込んでいるみたいだ。

私はまた仕事の邪魔をしてはいけないと考え、すっくと立ち上がる。

「じゃあ、もうそろそろ帰ります」

このまま泊まろうだなんて思ってはいなかったけれど、うっかりなにも考えず、のんびりしてしまった。私も帰って、明日の準備をしなきゃ。

バッグを手に取って、一礼して踵を返す。出口を見て歩き出す際、浅見さんに手首を掴まれた。

「瑠依に言っていなかったことが、もうひとつある」

「え……？」

驚くほど凛とした声。ゆっくり振り返って見えた表情も真剣そのもの。

——聞くのが怖い。

無意識にそういう感情が先に来た。だけど、彼の訴えるような鬼気迫る眼差しに身動きが取れない。

「俺は明後日シアトルに戻る」

静まり返る部屋で、私の時間が止まった。今、耳にした言葉が何度も頭の中で繰り返される。

「あさっ……て?」

心臓を射抜かれたような衝撃に、立っている感覚を失う。

知っていたはずなのに。彼にはリミットがあるって。でも、そんなことを忘れるくらい一生懸命になっていた。この人の隣にいることに。

茫然とする私に彼は言う。

「瑠依。一緒に来てほしい」

それはまるで、プロポーズのようなセリフ。けれども、喜んで笑うことも涙を流すこともできない。

ただひとり止まった時間の中で、彼が純黒の瞳に私を映し出すのを傍観するように立ちつくしていた。

大きなあくびをして目を擦る。頭がスッキリしないのはしょっちゅうだけれど、今日は格別だ。

無意識に何度もため息をついていたことに気がついたのは、鏡を前にしたとき。

「あ……」

メイクを終えて髪を結おうと思った瞬間、声を漏らした。

最近いつも同じヘアゴムを使っていた。ビジューのついたヘアゴム……昨日、浅見さんのところに忘れてしまった。ホテルのサイドテーブルに置いたのは浅見さんだった。私の髪を解いて、大事そうに撫でてくれて……。

——『明後日シアトルに戻る。瑠依。一緒に来てほしい』

昨夜のことが一瞬で蘇る。

『はい』って即答できなかった。まさか、浅見さんが帰国する日がそこまで差し迫っているとは思っていなかったから、衝撃のあまりなにも考えられなくなった。

鏡の中の自分と向き合い、そっと指で触れた。

あんなセリフ……普通なら簡単には言えない。たった二週間くらい一緒にいただけの私に、どうしてあれほどのことが言えたの？　やっぱり上に立つくらいの人は、決断力が違うの？

『今じゃなくてもいい。明日また会おう。そのときに返事を聞かせて』

あの場で私が固まっていると、彼は猶予をくれた。

今日、私はなんて返事をすればいいんだろう。


「城戸さん。この間くれた情報資料よかったよ。それで、今度はまた別のものが欲しいんだけど」

「お役に立ててよかったです。また纏めて、すぐお持ちしますね」

「いつもありがとう」

仕事はいい感じなはずなのに、心に穴が開いたよう。浅見さんの存在が大き過ぎるせいだ。

不意に、昨夜浅見さんがくれた『ありがとう』が胸に染み渡る。それだけで頑張る力が湧いてくる。好きな人が私を必要としてくれているということは、心にこんなにも大きな影響を与えるんだ。

営業先から社に戻る際、浅見さんと初めて言葉を交わしたカフェの前を通った。

ここで飴玉が散らばって、それを拾ってくれた。あのときにはもう、私の素性を知っていたのかな？　それとも、私の名刺を見たときに部下だってわかったのかな。もう今となってはどちらでもいいけれど。

少し涼しくなった風を、すうっと鼻から吸い込んだ。私の中で、答えが少しずつ形成されていく。

約束の時間まで、あと三時間。大丈夫。きっと、面と向かっても迷わず言える。

ポケットに入っている飴玉を手のひらに取った。瑛太くんが退院したあとでは、お守りのようになっている。

小さな袋をきゅっと握りしめ、胸に当てて前を見る。青信号が点滅しているのを見つけ、私は迷わずに走り出した。

待ち合わせは浅見さんが宿泊しているホテルのラウンジ。小走りで辿り着いたときには、すでに浅見さんはカウンター席に着いていた。

「お待たせしてすみません」

「いや。俺が早く着いただけ」

首を軽く横に振る浅見さんの手には、ジントニックがあった。私もカクテルをオーダーし、隣に座る。それきり会話が途切れ、ただふたりで同じ方向を見つめる。

私たちの間に緊張感が漂っている。ぎこちない空気の中、口火を切ったのは私。

「あっ、浅見さん。仕事は一段落したんですよね……？」

「うん」

あっという間に会話は終了。しかも、浅見さんの答えで、明日日本を発つということが一気に現実味を増す。そこでオーダーしていたお酒が来て、浅見さんはスッとグラスを寄せてきた。

「お疲れ様」

「は、はい。お疲れ様です」

グラスを軽く傾け、音を鳴らす。そのまま喉に流し込み、静かにグラスを戻した。

話すことはちゃんと考えてきたけれど、やっぱり緊張する。それに、浅見さんの雰囲気もいつもとは違う気がするし……。今、なにを考えているんだろう。

左隣をこっそり盗み見る。浅見さんは精悍《せいかん》な顔つきで、別人にも見える。

落ち着かない鼓動をごまかすように、置いたばかりのグラスをまた手に持った。もう一度口に運んだとき、浅見さんが小さく笑いを零す。いつもの柔らかな彼の表情に戻っていて、少しホッとした。

「レナが言っていたよ」

「え？　なにをですか？」

「生真面目なのも、ある種の魅力かもしれないって。一昨日、俺のスケジュールをわざわざレナに確認したんだって？」

目を瞬かせ、浅見さんを見る。昨日、浅見さんのところへ行くにあたって事前にレナさんに電話したことか、と少し時間を置いて理解する。

「レナさんの忠告を受けて……お仕事が忙しいって聞きましたし。いろいろ教えてくれた彼女を通すのが筋かなあって。あ、レナさんにとっては迷惑だったかな」

「いや。俺にはレナがどこかうれしそうに見えたけどね」

「そんな、まさか」

「本当に。絶対、瑠依のこと気に入ったんだよ」

浅見さんはクスクスと肩を揺らした。彼の笑った顔は何度でも私を虜《とりこ》にする。

「そうだとしたら、私のほうがうれしいですけど」

うれしいのは本当。でもそれよりも、浅見さんが喜んだ様子で話をするほうが僅かに勝ってうれしいかも。

浅見さんの無邪気な笑顔をずっと見ていたい。けれど、幸せな気持ちと共に胸が切なくしめつけられるから……これ以上は見ることができない。

頭をふいっと戻し、手もとに視線を落とす。不意に浅見さんが引きしまった声で「瑠依」と口にした。私は肩を上げ、硬直する。瞬間的に本題に移るのだと察し、身構えた。

「俺と一緒にっていう昨日の返事。聞いてもいい?」

真摯な気持ちが伝わる芯の通った声に、一瞬で心が乱される。顔を向き合わせなきゃと思いつつも、動くことができない。おそらく、浅見さんはぶれることのないまっすぐな瞳で私を見てくれているんだろう。

今日話をする内容はわかっていたはずなのに、どうしてこんなに胸が騒ぐの。心臓がドクンドクンと脈打つたび、全身がざわめいて落ち着かない。無意識に眉根を寄せ、ようやくゆっくりと一度頷いてみせた。

浅見さんに伝える言葉は、ここに来る直前まで何度も確認していた。震える唇を徐々に開いて、慎重に言葉を紡ぐ。

「私、自分でも驚くくらい浅見さんの存在が大きくて。いつの間にか、なにをしていても浅見さんを感じているっていうか……」

仕事をしているときは今までの助言が頭を過り、カフェの前を通り過ぎたときには、穏やかな笑顔でコーヒーを飲む姿が目に浮かぶ。お昼や夕食を食べながら、下町風の蕎麦屋、焼き鳥屋やドラマのように素敵なディナーのことまで思い出す。眠る直前は閉じた瞼の裏に、浅見さんの優しい眼差しに包み込まれる錯覚さえ起こす。

こんなに人を好きになったことってない。

「気づけば、依存しているなと思ったんです」

その気持ちが大きい分、浅見さんに負担をかけてしまう。

浅見さんは寸秒の間目を丸くし、直後、静かに首を横に振った。

「好きな子に頼られて嫌な思いをする男はいない。そんなこと気にしなくてもいい。それに俺だって必要としているわけだから、相互依存になると思うよ」

彼はこんなときでも、やっぱり冷静に諭す。たぶん、こうやってなんでも動じずに対応するのだろう。

それに、浅見さんは優しい。多少のことは自分が頑張って解決してしまう人だと知ってしまったから。

「仮に今そうだったとしても、私がこのままついていったら、その関係は崩れるような気がします」

この短期間でここまで心を占めるって異常だ。

今の自分は仕事も人間的にも、まだまだ半端。この状態でついていっても、目標もなく、ガラッと変わった環境に焦る一方だ。そうなると、絶対に浅見さんに頼って、私の世界には彼しか存在しなくなって、息苦しい思いをさせるだけ。自分も好きな人を追いつめてつらくなる……そんな未来が見えるから。

「だから、このタイミングでは浅見さんと一緒には行けません」

精いっぱいの強がり。だけど、ここで流されたらきっとだめになる。

今は一緒に行けない。……今は。

「そうか。……わかった」

俯く私の横で、ひとこと返された。そして、グラスをトンと置く音に目を向ける。さっきまでグラスに半分以上は入っていたはずのカクテルがもうない。それを見て、浅見さんが一気に喉に流し込んだのがわかった。

ふたりの間に沈黙が流れる。少しして、浅見さんはバーテンダーに「ジプシーを」と言った。バーテンダーは目の前でシェイカーを振り、逆三角形のカクテルグラスに黄色い液体をゆっくり注ぐ。

浅見さんはグラスを自分に引き寄せ、私を見た。

「これを飲み終えるまでは付き合ってくれる？」

彼が淋しげな瞳を細めて言ったことに、涙を堪えて頷いた。

ラウンジを出てエレベーターホールに立つ。綺麗な夜景がやけに悲しく瞳に映る。

「家まで送るよ」

「いえ……。往復は大変ですから、ここで」

あれからまともに目を合わせていない。だって、顔を見たらつらくなる。

エレベーターが来て私が先に乗り、浅見さんが続く。私の目的階は一階。浅見さんは途中の十五階。私は二ヵ所ボタンを押し、ドアを閉めた。

どうしよう。もう後悔している。正直わからない。この判断が、正解なのかどうなのか。

浅見さんに背を向けたまま、肩にかけたバッグの持ち手を握りしめ、唇をぎゅっと噛んだ。エレベーターにふたりきり。ホテルはここではなかったけれど、前にも同じシチュエーションがあった。それは甘い記憶。だからこそ、決心したはずの気持ちが揺らぎ、泣きたくなる。

なにも会話をしないまま、ポンと十五階を知らせる音が響く。それでも私は微動だにしない。というよりも、少しも動くことができない。

俯く視界に浅見さんの革靴が微かに映り込んだ。私のすぐそばを横切り、エレベーターから降りていってしまう、と咄嗟に目を閉じる。別れる瞬間を見たくない。

刹那、彼の手が私の肩に触れた。壁に背を押し当てられ、顎を捕らえられる。

一瞬だけ、浅見さんの真剣で切なそうな表情を見た。あとはもう、なにも見えない。

「……っ、ん」

唇に柔らかな感触が落ちてきて、燻る思いを胸の奥に感じる。彼の唇の形も息遣いもにおいも体温も全部、今だけは私のものと思うと同時に、終わる瞬間を迎えるのがやりきれない。

この瞬間が永遠になればいい。

そんな浅ましい思考になるほど、彼に未練が残っている。

私の願いも虚しく、繋がっていた部分に秒を追って隙間ができていく。お互いの鼻先が触れる距離にまでなると、思わず縋るように上目を向けた。見えたのは、うら悲しそうに睫毛を伏せた浅見さんだった。

彼は切なげに眉を寄せ、名残惜しそうに私を押しやる。エレベーターを降りてドアが完全に閉まるまで、私をずっと見つめていた。

私も浅見さんから目を離せず見つめ続けた。一秒でも長く瞳に映していたくて、瞬きもしなかった。

記憶に刻みつけるように、最後のそのときまで――。

「うっ……」

エレベーターが急降下する中、嗚咽しその場に崩れ落ちる。

もう、彼のもとには戻れない。

わかっている。自ら好きな人の手を離してしまったことを。

距離と愛情

真っ暗な中、遠くにぼんやり光が見えた。重い足を引きずるように光を目指すと、そこには彼の背中が見える。

――これは夢だ。

そう気づいたものの、胸がつぶれるほどの苦しさはあまりにリアルで顔を顰める。

そうだ。彼が私の前から去ったのは、夢じゃない。現実だった。

差し出してくれた手を取ることができず、俯いていた私。彼は私が拒絶していると受け取ったのだろう。当然だ。ひとこと『わかった』と言って、私に背を向け、行ってしまった。

あのとき、すぐに追いかけていたら手は届いたはずなのに。彼の名を呼べば、足を止めてくれたかもしれないのに。

彼との距離が近づくことは、もうきっとない。

……けれど、その道を選んだのは、ほかのだれでもない私だ。

あれから二ヵ月が過ぎようとしている。

「部長！　今度の説明会なんですが」

先輩がそう言って部長のデスクへ向かっていく。『部長』と呼ばれはしても、私が入社してからずっと一緒だった戸川部長ではない。今は四十代前半の若い部長だ。あの日から約ひと月後に戸川部長は会社を辞め、それから会うこともない。

ほかに変わったことを挙げるなら、浅見さんがシアトルに帰った直後のこと。月島総合病院の月島先生が、別の病院へ移った。なにやら紺野さんから聞いた噂話だと、これまでの素行問題が露呈して院長の耳に入り、提携先の小さな病院に回されたらしい。

紺野さんといえば、以前私に、『月島先生には気をつけたほうがいい』と忠告しようとしてくれていたみたいだった。月島先生のそういうよからぬ行動は、周りの看護師さんたちだけではなく、外部にも広まっていたということだ。

それなのに私の件の直後に左遷されたのは、もしや浅見さんがなにかしてくれたんじゃないかな、なんて密かに思っている。

まあ、なにはともあれ、おかげで今日まで仕事はしやすい環境だ。

「城戸さん。今日も部長が飲みに連れていってくれるみたいだけど、行かない？」

「あ。私、前回ごちそうになりましたし、今日は仕事が残っているので」

「そう。じゃあ、また来週ね」

「はい。お疲れ様です」

ひとりになった部署でカタカタとキーを叩く。毎日変わらない仕事。朝から外に出ずっぱりで、夕方に帰社して書類作成。営業の成果も劇的に変わったわけではない。それでも、営業先で少しずつ信頼されているような感じはする。

薬を採用してもらったときのあの喜び。あれをまた味わいたい。もちろん、患者のためって思うことを忘れないようにして。

書き終えた資料を保存し、息を吐く。ふとした瞬間、今でも考えてしまう。

今頃、浅見さんはなにをしているのかな、なんて。

あの日以降、一度も顔を合わせるどころか声すら聞かなかった。翌日、日本を発つとは知っていても、どの便かも知らない上、平日だったから見送りする時間もなかった。もっとも、見送りになんて行けるような精神状態ではなかったけれど。

私は彼に〝今は〟ついていけないと考えて伝えた。それは裏を返せば、もう少し時間をもらえたら状況は変わるかもしれないと思っていたわけだが、どうやら向こうにはその選択肢は存在しなかったらしい。

遠距離恋愛を覚悟していた。簡単に『大丈夫』と言えるような距離ではないことはわかっていたものの、それでもいいって思うくらい彼が好きだったから。

しかしそれは私の思い上がりで、浅見さんの中には〝ついていく〟か〝離れる〟かのどちらかしかなかったみたい。大方、彼は大人だから、距離がどれだけの障害になるかを知っていたんだろう。

でも、浅見さんは気づいているかな？　私にとって、この距離が余計に思いを大きくさせているということを。

「バカだな……」

自分に向かって思わずつぶやく。

距離は遠くなり、時間が経つにつれ、気持ちが薄れるどころかいっそう色濃くなっている。こんな中途半端な思いを抱え続けるくらいなら、『待っていてほしい』と我儘を言って、はっきり断られたほうがよかったじゃない。

最後のキスが、いつまでも私を捕らえて離さない。

私はたまらず両手を顔で覆った。

なによりも、自分に自信がなかった。どうしてあんなに私を必要としてくれたのか。何度か答えは聞いたけれど、どこか曖昧で抽象的な気がして。それをきちんと聞けば、なにかが変わっていたかもしれない。勇気を出して聞いていたら、私はあのとき、彼の手を取っていた……？

女々し過ぎると心の中で叱咤《しった》するも、手を顔から外せない。瞼を閉じていれば、彼が近くに見えるから。

すると、だれもいないはずなのに、突然肩にポンと手を置かれる。私はパッと顔から手を離し、勢いよく後ろを振り返った。

「城戸さん、具合悪いの？」

見上げた先には最近異動してきた男性社員がいて、慌てて笑顔を取り繕う。

「あっ……加藤《かとう》さん。いえ、ちょっと目が疲れただけで……。あ、皆さんは部長と飲みに行きましたよ」

「あー、やっぱり。だから時間ずらして戻ってきたんだ。どうもあの部長ノリが合わなくてさ。城戸さんももしかしてそう？　だからひとりで残ってるんじゃない？」

「いえ。私は単に仕事があって」

「えー、本当？　だけどさあ。上司と飲みに行くくらいなら、仕事してたほうが数倍は楽だよねえ」

実は加藤さんってちょっと苦手。だれとでもすぐ話ができる人みたいだけれど、こうして陰でいろいろ言っていると知っている。いつも聞き流しつつも、内心いい気分ではなかった。

私の本音など露知らず、加藤さんは私のデスクに手を置いてペラペラと話し続ける。

「あの部長ってさ、噂だとコネ入社だったらしいじゃん。いいよねえ。それで早いうちから役職に就けてさ」

この手の話題も私は嫌いだ。浅見さんと出会ってからは余計に。

「でも、仕事はきちんとしてくれているように思えますよ？　それに、頻繁に部下を飲みに誘うのは、コミュニケーションを取ろうとしているのかもしれませんし」

「どうせ酌したり話合わせたりして、接待みたいな飲み会じゃん」

「加藤さん、部長と飲みに行かれたことないですよね？　部長は飲み会の席では対等を心がけているみたいなので、お酌もないですし、私たち部下の話もよく聞いてくださっていましたけど」

やや棘《とげ》のある言い方だったかも……と思うものの、反省までには至らない。だって加藤さんの言動はちょっと許せないし。

私の冷たい態度のせいか、加藤さんは一歩下がって愛想笑いをした。

「え。あー、そうなんだ。あっ。予定あるんだった。じゃ、お先に」

加藤さんがそそくさと帰っていったのを見届け、ため息をついた。

ああいうの、本当どこにでもあるんだなあ。役職とか、そんなに妬ましいのかな。

私が女だからわからないだけなのかな。

どこかモヤモヤした気持ちでパソコンを見つめ、ふと自分の右肩に触れる。

……恥ずかしい。私、どれだけ浅見さんを求めているの？　さっき肩に置かれた手が、彼だと思ってしまった。彼だったら……と期待した。

今回だけじゃない。朝、家を出るとき。カフェを通り過ぎるとき。病院を回っているときも。浅見さんの気配を探し、いるわけがないと肩を落とし、胸が痛くなる。

不意にデスクの上に涙がぽたっと落ちた。滲む視界でどれだけ彼の影を探しても、見つからない。

もう、だめ。

涙をグイッと乱暴に拭って携帯を手に取った。人差し指を画面に置く直前、動きが止まる。

電話じゃない。あの瞳を見て話したい。会いたい。

やりかけの資料作成を無視して、手早くパソコンで航空券の検索をする。感情のストッパーが外れて暴走しているのは、頭の隅で理解している。でも、突っ走り始めた今、すごく心が軽い。

パソコン画面に近づき、夢中になって検索する。

シアトル行き……あった。まずは、今から一番早く着くチケットだけ。

帰りのことは考えない。とりあえずシアトルに行けたらそれでいい。溜まっている有休を使って……。

「どこへ行くチケットを買おうとしているの？」

クリックしようとした手が止まる。同時に、心臓まで止まると思った。

私が目を見開いて動けずにいると、大きな手が私の手の上からマウスを操作する。

背後を覆う身体は、私をあの香りで包んでくれる。

「シアトル行き？　それは困るな。ついさっきこっちに着いたのに、また戻らなきゃいけなくなる」

柔らかな口調。心地いい音程の声。手の温もり。安らぐ香り。

「あ、さみ……さん？」

掠れた声で言い、唇を震わせる。頭をゆっくり後ろに回すと、すぐ近くでニコリと微笑を浮かべる彼がいた。

「ど……して……」

「俺も聞いていい？　どうしてシアトルに行こうと思っていたの？」

夢じゃない。幻影でもない。本物の浅見さんだ。

「そんなの……。浅見さんに、会いたくて……」

久々に会ったのに、泣いてぐちゃぐちゃな顔なんて見られたくない。そう思いながら、頬を濡らし続ける。

会いに来てくれるなんて思っていなかった。せっかく焦がれた人がすぐそばにいるのに、涙が邪魔をしてちゃんと見えない。

「俺の自惚れじゃなかったんだ。よかった、すれ違いにならなくて」

「え……」

目尻を拭っている間に、後ろから抱きしめられる。

「瑠依と一緒。俺も会いたかったから来た」

浅見さんの声はどこかつらそうで、絞り出すようなものだった。

今日まで苦しい思いを抱えていたのは、浅見さんも一緒だった……？

「本当に……？　私に会いたかった……？」

「ひどいな。当然だろう？」

浅見さんは苦笑して答えた。交差した熱の籠る腕に、そっと手を添える。

私を捕らえる力強い腕からも、彼の思いが伝わる。会いたいっていう気持ちが一緒だなんて、考えてもみなかった。

「瑠依……。少し痩せた?」

「え? や、わかんない……」

そんなことに気づく暇もないくらい仕事ばかりしていた。浅見さんを思い出すこともできないように、毎日忙しくしてごまかしていた。それでも思い出さない日はなかった。

胸が早鐘を打つ。しかし、高揚する気持ちの中に一抹の不安を抱える。

「今回は、いつまでいられるんですか……?」

予期せぬ再会はドラマティックで、気持ちが舞い上がる。その分、別れを迎えたときは、絶対に立ち直れない気がして。

浅見さんの袖口を握りしめ、眉根を寄せて祈るように答えを待つ。

「どうかなあ」

会えたのはうれしいけれど、離れる瞬間を想像するだけで胸が張り裂けそう。また目の前からいなくなるのだから、とブレーキをかけておかなければ、取り返しがつかなくなる。

唇を引き結び、再び迎えるであろう別れの覚悟を試みる。無意識に手に力が入っていたようで、浅見さんはそっとそれを外した。そして、私が座る椅子をくるりと回転させる。

「でも、今度こそ滞在中に瑠依の首を縦に振らせる」

真正面から向き合って真剣に言われる。その表情に、あんなに悩んで彼の手を離したのに、簡単に頷きたくなってしまう。

感極まって声が出せない。合わせた両手を口もとに添え、涙を堪える。

これは神様がくれたチャンス。今、本音をぶつけないと、今度こそ後悔して生き続ける。

「本当はっ……」

浅見さんを見上げ、懇願するように彼のシャツを掴む。

「本当は、浅見さんについていきたい……。ただ、少しだけ時間が欲しかったの。自信をつける時間をもう少し……」

目を逸らさずに言いきりたかったけれど、これ以上は難しい。涙が溢れそう。

私は徐々に俯き、指に力を込める。

「……お願い。私を諦めないで。あと少しだけ待っていて」

嗚咽交じりに訴えると、突然浅見さんに手を引っ張られる。椅子から立ち上がった私を、彼は力いっぱい抱きしめた。

「だれに言ってるの？　俺は瑠依を追いかけてここに戻ってきたんだ。諦めるわけないだろう」

頭の上に落ちてくる言葉に、胸がきゅうっとしめつけられる。浅見さんの腕が緩むのを感じ、少し距離を取って、彼の煌めいている黒い瞳を瞬きもせずに見つめる。不意に浅見さんが顔を近づけ、目の前で言った。

「待ちきれなくなったら、今度はさらっていくから。覚悟して」

唇に触れられた心地が懐かしい。ずっとずっと欲していた。

彼の優しいキスも、強引なキスも、切ないキスも知っている。だけど、今は……。

瞼を閉じ、貪るようなキスを続ける。求められている実感がして、また目尻にじわりと涙が浮かんだ。たった数秒の出来事だけで、まるで息吹をもたらすよう。

静かに瞼を押し上げたとき、再び涙が頬へ伝った。

「今日まで、俺がいなくて泣いてくれた？」

「……当たり前じゃないですか」

「そっか。拭いに来られなくてごめん。でも、今日からはまたそばにいるから」

そう言って、親指で涙を優しく拭ってくれる。私は浅見さんの胸に頬を寄せて、ぽつりと尋ねた。

「前よりは、長い期間いられるんですか？」

心は繋がったはずだけれど、距離が遠くなるという事実はやっぱり不安になる。すると、浅見さんは私の頭をそっと撫でて答えた。

「まあね。俺、今までＣＩＯと専務を兼任してたけど、今度は日本支社長を兼任することになったから」

「え……えぇっ!?」

浅見さんの言葉に驚倒する。そんな噂、一度も耳にしなかった。

「は、初耳なんですけど」

「情報管理は俺の専門だからね。厳重に扱っていた事項だよ」

「そ、その辞令は偶然……？」

「さあ？　想像にお任せするよ」

浅見さんは口の端を上げ、楽しげに目を細めて私を見る。なにかをポケットから取り出し、私に差し出す。

「はい。かなり遅くなったけど、約束の名刺。日本仕様を渡すのは瑠依が初めて」

手には【日本支社　支社長】という文字が書かれた名刺。本当のことなのだと茫然とする。楽観的な浅見さんを前に、ふと疑問が頭を過る。

「でも、ますますお仕事が大変になるんじゃ……」

「できないことはない。なにより、そばに瑠依がいる」

唖然とする私に、浅見さんはまったく平気な様子で勝気な笑みを浮かべてみせた。

「確かに、すべてを取りこぼさず、成功だけを経験して生きていくことなんてあり得ない。だけど、瑠依だけは手放すなんて絶対に考えられないから」

そうだ。私は浅見さんのこういうところに惹かれた。自信を持っていて、常に前しか見ていない瞳。失敗や後悔をしたらどうしようだなんて、微塵も考えていないような力強い生き方。

彼のストレートな告白に、普段から不安になる性質の私はめまいがする。

「もう、なんだかよくわかんない……」

「どうして?」

「浅見さんはこんなにすごい人なのに、私のことを選んでくれる理由が。私は平凡な……どちらかというと冴えない社員だから」

浅見さんに気持ちを伝えられては、常々思っていた。こんなに大事に思ってもらえるような価値が自分にあるのかと。二ヵ月経った今も、なにひとつ魅力なんて思い当たらない。

「ちょうど、さっきみたいな感じだったな」

「さっき?」

「実は、さっきの男との会話辺りから廊下にいたんだ。たまたまタイミング悪く、あの社員が先に瑠依のところへ行ってしまって」

加藤さんのこと?

私はきょとんとして浅見さんを見上げる。

「一年前に初めて日本に来たとき、オフィス内で男女の社員を見かけた。何気なく近くを通ったときに聞こえてきた会話に、つい聞き耳を立ててしまって」

「一年前?」

「そう。日本支社には、ちょうど一年前に来たんだ」

そうなんだ。そんなに前からレナさんが言っていたインフラ改革っていうのを準備していたのかな。

それにしても、社内に出入りしていたのは知らなかった。こんなに端整な顔立ちだから、もし見ていたら忘れるわけないし。たぶん顔を合わせていなかったんだろうな。

「男性社員が言うには、『社会は親が立派だとそれだけで得するようになっているんだ』というようなことを話していた。正直、耳が痛かったよ」

「えっ……その話は……」

「うん。たまたまだけどね」

偶然にもほどがある。浅見さんは平然としているけれど、やっぱり気にしているはず。だいたい、なんでわざわざ社内でそんな話題を。もういい大人のはずなのに、いくつになっても尽きないんだ。そういう陰口には辟易する。

「まるで自分のことを言われた気がして悶々とした。そんなときに、女性社員が言ったんだ。『そういう人が努力をしていないっていう根拠はあるの？　私は逆に大変だと思う』と」

あれ……？　それ、なんとなく記憶にあるような……。

思い返せば、確か同期の男子と偶然会った流れでそんな話をした気がする。

視線を彷徨わせ、記憶を辿る。その間にも、浅見さんはまるで昨日のことであるかのように、はっきりスラスラと話し続けていた。

「それこそ俺も、いつも言われるのは男性社員が口にしたようなことばかりだったから、女性社員の返しに驚いた。同時に興味が湧いたんだ」

きっと私だ。同期の話を否定するつもりではなかったけれど、言い方が単なる嫉妬にしか思えなくて。でも、そのあと私はなんて言ったっけ？　確か……。

「どんな人なのかとこっそり見ると、少し背を丸めて立つ女の子で。その子が最後に言ったんだ」

浅見さんが柔らかな眼差しで私を見た。

「『案外、孤独に戦っている人たちなのかも』ってね。ああ。言われたらその通りなのかもなって、自分のことなのにやけに納得した。そんなふうに気遣ってくれる人もいるんだってうれしくなった」

記憶と重なった。私の一年前と浅見さんの一年前が、一瞬だけだけど確かに。

「っと、話し過ぎたな」

「……それだけで、二ヵ月前に日本へ来たときに私を見つけたんですか？」

「ひと目でわかったよ。このオフィスから一直線上の、いつもの横断歩道。あそこで意識的に姿勢を正すだろう？」

あの横断歩道は今でも毎日通る。そして、未だにあの場所を一日のチェックの起点としている。まさかその〝仕事の裏側〟を見られていたなんて思わなかった。てっきり、カフェの前を通り過ぎるときだけだとばかり……。

「それが想像以上に綺麗で。初めて見たとき、もう少し背筋を伸ばせばいいのにって思っていたから」

浅見さんが顔を綻ばせ、過去を追懐するように口にした。

なんだか恥ずかしい。だけど、たくさんの人が行き交う道で、私を見つけてくれたことがうれしい。

「あ、浅見さ――」

聞きたいことがあり過ぎる。そう思って開きかけた私の口は、浅見さんに指を添えられ、声を封印される。

「会えなかった時間だけ、積もる話は確かにあるけれど」

静かな夜のオフィス。突然低く囁かれた声。ゆっくりと落ちてくる彼の影。

離れていても、好きな人。

「まずは、この二ヵ月分、瑠依を感じさせて」

離れていたから、もっと好きになった人。

今、再びゼロになった距離が、たまらなく愛おしい。

「ふっ……ん」

覆われた唇から僅かに吐息が漏れる。息が苦しくなって口を離しても、寸時の猶予もなく重ねられる。彼の胸に縋るように置いていた手すらも力が抜け落ちそうになったとき、ゆっくり解放された。瞼を押し開け、浅見さんの熱っぽい視線が瞳に映る。

「……まだ足りない。瑠依は？」

狡い。そんな情熱的な表情で言われたら、ここがオフィスだってどこだって、理性なんて簡単に飛ばされる。

私はぎこちなく頷く。浅見さんは口に緩やかな弧を描き、私の手を取った。

「ついてきてくれる？　瑠依が一番って決めていたから」

浅見さんに連れられてきたのは都内のマンション。立派なエントランスを抜け、二十二階に辿り着く。ここは、これから浅見さんが住む部屋なんだろう。

「すごく立派で綺麗なところですね」

なにもかもが私には無縁の高級な雰囲気で、無意識に口から零れ出た。

「思ったよりいいところで、俺も身の引きしまる思いだよ。ちゃんと仕事しなきゃなあって」

冗談交じりに言われたから、何気なく尋ねた。

「仕事……かなりハードなんじゃないんですか？　兼任って聞くだけで……」

浅見さんはインターホンの下にあるリーダにカードキーをかざす。短い電子音が聞こえたあと、ドアを開いた。

「支社長っていっても瑠依みたいに営業に回ることはしないし。ほぼデスクワークで今までと変わらないよ」

彼は広い廊下を数メートル歩き進めながら話を続ける。

「ああ。でも、関連会社へCIOコンサルのために出張へ行ったりはするけどね。瑠依が頑張っているから、俺も頑張らなきゃなって思ってるよ」

浅見さんの仕事量と私の仕事量はまるで違うのに、私の頑張りで浅見さんの士気が上がるなんて恐れ多い。

戸惑う私が玄関で足を止めていると、浅見さんは振り返って「瑠依？」と首を傾げた。彼の部屋で、彼が当たり前のように私の名前を呼ぶ。それがすごく幸せで、ついボーッとしていた。

「おいで」

浅見さんが優美に微笑み、私のもとに戻ってきて手を取る。そのまま繋がれ、ひとつのドアの前まで誘導される。

「今日引っ越してきたばかりで殺風景だけど」

二十畳以上ある広いリビングに入り電気を点けると、いくつかダンボールが重ねられていた。カーテンはまだかけられていないけれど、テーブルとソファは置いてある。きっとベッドルームにはベッドも運ばれているんだろう。それなら、とりあえず生活は大丈夫そう。

浅見さんはスタスタとダイニングテーブルまで行く。来る途中、いつものカフェでテイクアウトしてきたコーヒーを置いていた。

「あ、冷めちゃいましたよね」

「本当だ。まあ、どうせ温かいまま飲めるとは思っていなかったから」

浅見さんはカップの側面を触って笑った。私はリビングの出入口に立ったまま、小さく首を傾げる。すると彼は正面に立ち、頭を傾け、私の顔に影を落とす。キスされると思って構えたら、浅見さんは鼻先でぴたりと止まった。

「だって、コーヒーを飲む余裕なんてないのはわかっていたし」

口もとでぼそっと言われ、目を丸くして見上げる。至近距離で囁かれる意味深な言葉と視線に、頬が熱くなる。

直立不動のまま、浅見さんに両手を回されて抱きしめられた。初めは優しかった腕が、徐々に力強くなる。

「あ、浅見さん……？」

「本当言うと、ちょっと怖かった」

聞き逃してしまいそうな小声は、弱々しくて浅見さんぽくない。なにかあったんだろうか。弱っているなら抱きしめ返したい。

迷いながら、手にしていたバッグを床に落とし、両手を宙に浮かせ、たどたどしく聞いてみた。

「な、なんで……？」

「……瑠依がだれかのものになっているんじゃないかって。いや。奪い返そうとは思って来たけど」

だれかの……って。それって、この二ヵ月の間にってことだよね。そんなこと絶対にあり得なかった。だけど、浅見さんでも不安に思ったりするんだ。

「あのとき……ひとこと、言ってくれていたら」

私は触れるか触れないかという感じで、彼の背に手を添えてつぶやく。

二ヵ月前、最後に会ったあの日。『また会いに来る。だから、少しの間待っていてくれ』って言ってくれていたら。

自分のことは棚に上げて、つい、恨みごとのように漏らす。今回たまたま運よく日本に戻ってこられただけだったんだろうから、彼に非はないのに。

浅見さんはしばらく黙った。それから静かに答える。

「前に『二度と待たせない』って誓った手前、『待っててくれ』とはちょっと言いづらくて」

予想だにしない回答に目が点になる。その言葉でようやく思い出した。確かに待ち合わせのときにそんなことを言われたことがあった。けれど、アメリカではハッタリでも『できる』って言うのが普通だって教えてくれたのも浅見さんなのに。

まさか、あの言葉に縛られていたなんて考えもしない。びっくりして言葉を失ったものの、しゅんとする様子に笑いが零れる。

こういう部分も持っている人だったんだ。完璧だと思っていた人の弱い部分を知ると、がっかりするどころかうれしくなるんだって初めてわかった。

「大丈夫です。これからは、私が浅見さんから離れないので」

そう。今日も我慢できなくなって、シアトルまで行こうとしていた。これからは、待つだけじゃなくて自分で捕まえに行く。

浅見さんは驚いた表情を浮かべたあと、頬を緩め、私の両肩にそっと手をのせる。

「日本にいる間は、この部屋で瑠依と一緒に暮らせたらと思ってる」

「えっ……」

「そばにいてほしい。できれば、これから先ずっと」

　不意打ちの再会だけでもものすごく驚いて、今でも現実なのかどうかと思うくらいなのに、一緒に暮らすだなんて……！

「ど、どうしてそんなことを簡単に口にできるんですか。私なんて、仕事の日はコンビニ弁当だし、掃除もこまめにしないし……」

「へえ。そうなんだ」

「疲れていたらなにもしたくなくて、メイクもそのままでソファで寝ちゃうし」

「うん」

　好きな人に自分のだらしないところを晒すなんて、本当ならしたくない。しかし、状況が状況だ。そういうことをちゃんと言っておかなきゃ、浅見さんがあとになって気が変わることだって大いにあり得る。

「だから、その……」

「なに？」

　そう思って次々と例を挙げたのに、浅見さんは穏やかな表情で余裕な雰囲気を醸し出している。

私は俯いてぼそぼそと口にした。

「……幻滅されそう」

私だって一緒にいたいって思っている。ただ、どう考えても浅見さんより私のほうが絶対に欠点が多いはずだから。

私が自信なく肩を竦めていると、再び抱きしめられる。

「幻滅なんてしない。そのままでいい。お互いに甘えられるところは甘えて、ふたりのときは頑張り過ぎない。そんな毎日が自然で平穏で……幸せだ。それに、二ヵ月前の約二週間で、瑠依の人間性は見られたと思ってる」

確かに、無理する関係は長続きしないだろう。そう思ったから、一度はシアトル行きを断った。私はまだ自信を持って首を縦に振ることができず、黙り込む。

すると、浅見さんは不意に笑いを漏らした。身体を離し、なにやらポケットを探っている。

「瑠依はわかってないな。もっと自信を持っていい」

スッと出された手に自然と目がいく。彼の手のひらには見覚えのあるもの。

「これ……！」

「返そうと思っていたんだけど……やっぱり少しの間だけ、借りておこうと思って」

浅見さんのホテルに忘れていた、ビジューのついたヘアゴム。何度か思い出してはいたけれど、まさか持っていてくれていたなんて。

浅見さんは私の左手を掬い上げ、睫毛を伏せる。

「七千七百キロもの距離で、俺はずっと瑠依に片思いしていたんだから。そろそろ自信持ってよ」

ビジューの飾りを上にして薬指に通される。そこに、そっと口づけられた。

「片……思い？」

「そう。本音を言うと、今、触れられる距離にいるだけで、ずっと俺の腕の中に閉じ込めたい。そのくらい瑠依を思ってる」

腰を引き寄せられ、煌めく瞳に酔わされる。

「いつか、本物を贈らせて」

指を絡ませ合う今が、まだ夢のよう。与えられる温もりも、綺麗な夜景も甘い言葉も、まだ信じがたい。

それすらも見透かすように彼は言う。

「瑠依が俺にくれたように、今度は俺が瑠依に自信をあげるよ」

片思いなんかじゃない。私も、浅見さんの美しく自信に満ちた姿に惹かれた。

離れても忘れられなかった。ずっと、思っていた。

「……ありがとうございます」

あの日、声をかけてくれて。苦しいときに助けてくれて。欲しい言葉をくれて。

……私を、見つけてくれて。

うれしくて笑顔が零れる。なのに、なぜか涙も零れてしまっていた。浅見さんは涙を指で掬って微笑んだ。

「こちらこそ、ありがとう」

大切な人からの『ありがとう』は、こんなにも特別な響き。

「瑠依。愛してる」

そして、最も甘い言葉は心の真ん中にじわりと浸透する。

数秒後にやってくる幸せを捕まえに、私は背伸びをし、そっと瞳を閉じた。

番外編

浅見さんが日本で生活するようになってから約一ヵ月。

「またいつにも増して浮かない顔してるわね」

彼女は、網の上で美味しそうに音を出す肉をトングで皿に取り、上手に箸で掴み上げる。頬張る直前、艶めく唇を再び開く。

「本当。辛気くさい人が近くにいるだけで、こっちまで伝染しそうになる」

「すみません」

言われた相手は当然私で、すぐに肩を窄めて謝った。

確かに、食事中なのにうっかり暗い顔をしてしまっていたかもしれない。視線を落とすと、隣に座る彼が私の前に腕を伸ばすのが見えた。彼は私の皿に焼けた肉を取り分けながら、対面に座っている彼女に言い放つ。

「レナ。あまり瑠依をいじめるな」

浅見さんがぴしゃりと言ったにもかかわらず、レナさんは飄々《ひょうひょう》としている。お酒を飲んで、肉をもうひと切れ箸で摘まみ上げ、口を尖らせた。

「だいたい、なんで三人でディナーしなくちゃならないのよ。私のポジション微妙じゃない」

向かいに座るレナさんは、私から浅見さんへ視線を移し、頬杖をつく。

「総が余計なのよね」

「それはレナだろ。毎回、毎回、空気読めよ」

「そのままそっくりお返しするわ」

ふたりのこういう言葉の応酬は、どうやら日常茶飯事のよう。

つい最近知ったことだ。浅見さんとレナさんは同い年らしく、普段は対等な会話をするみたい。でも、仕事となれば、以前のようにレナさんはちゃんと秘書になるんだろう。

「あ、レナさん。最近ずっとカラコンなんですか？」

ふたりの言い合いを止めるべく、話題を変えた。

「そうよ。瑠依から聞いて即実践したわ。慣れると簡単ね、コンタクトって」

「そうみたいですね。でも私、レナさんの瞳の色はすごく綺麗で好きだからちょっと寂しいです」

私はレナさんを観察するように、まじまじと見つめる。

レナさんは、やっぱり肌も白くて綺麗だし、目鼻立ちもはっきりしていて美人。加えて、瞳がとても魅力的だ。それが、今は髪の色と同じ黒色。

「私も別に自分の瞳が嫌いなわけじゃないわ。ただ、こっちに来てから周りの好奇の目が煩わしいのよ」

「うーん。だけどそれって、瞳の色だけじゃなくて、レナさんの容姿が原因なんじゃないのかなあ」

仕事中はもちろん、休日も周りの人間がレナさんを注視するらしい。そういうのが、『心地いいものではない』とレナさんは、少し前から愚痴を零していた。

日本では、若い子が結構カラコンを使っていたりするから、瞳の色が碧いからってレナさんを珍しがって見ているわけじゃなさそうだけれど。

「まあ、とりあえずもう少しこれで生活してみるわ」

レナさんが生活しやすいなら、いいのかな。私の本心はあの綺麗な瞳が見られなくなってしまって少し残念。

私はしゅんとして、取り分けてもらっていた肉を食べる。レナさんは空になった網の上に新しい肉をのせた。じゅわっと大きな音が聞こえ、その音と一緒にレナさんが激励する。

「瑠依、元気を出すには肉よ、肉。あなたひょろっとしてるし、ちゃんと食べて頑張りなさいよ。あら？　総、まだいたの？」

レナさんは流れるように暴言を吐き、しれっと浅見さんを一瞥する。

このあと、ふたりが本日の第二ラウンドに突入したのは言うまでもない。


私たちはひとしきり焼き肉を食べ、レナさんはタクシーに乗って帰っていった。私と浅見さんは彼女を見送り、帰路につく。

「まったく。最近、仕事後の食事はこのパターンが多いな」

浅見さんはため息交じりに、やれやれといった様子で頭を垂れる。私は特に不満はなく、むしろ毎回、浅見さんの新たな一面が垣間見えて楽しい。

疲れている浅見さんの後ろで、クスクスと笑いを漏らす。

「ま、瑠依が楽しそうなのが救いだな」

「レナさん、まだこっちで親しい人ができないって言っていたから」

「わかってる。瑠依には付き合ってもらって悪い」

「全然！　本当に楽しいですから」

今日も、浅見さんとレナさんのやり取りを思い出しては笑ってしまいそう。こんなふうに穏やかな日々を過ごせるなんて思ってもみなかった。

浅見さんが日本に来ると決まったとき、秘書であるレナさんも当然彼についてきていた。私が彼女に再び顔を合わせたのは、浅見さんと再会した翌朝のこと。

レナさんにこっそり聞いた話だと、浅見さんはレナさんにアメリカに残るか日本へ行くか選択させたらしい。慣れ親しんだ国を離れることは簡単に決められないだろうから、残ってもいいように取り計らってくれたんだろうと言っていた。

その上で、レナさんは浅見さんについてくることに決めたのだと誇らしげな表情をして教えてくれた。レナさんの浅見さんに対する忠誠心は、私が思う以上のものなのだと実感した瞬間だった。

だけど、私はまったく嫌な気持ちは湧かなかった。たぶん、前にバーでレナさんとふたりで話をしたときから、彼女に惹かれていたんだ。

レナさんが浅見さんを大事に思うのがわかったのと同時に、私にはどうやっても、仕事上彼を支えることは難しいと理解していた。だからこそ、彼のサポートに適した彼女が日本に来てくれて安心した。

そんなレナさんは、日本でひとり暮らしをするのはやっぱり大変そう。余計なお世話かもしれないけれど、彼女が気になってしまって……。結果、浅見さんに協力してもらって、よく三人で食事をしたりする。

「ところで、さっきレナも気にしていたけれどなにがあったの？　また仕事のこと？」

これまでの事情をひとりで思い返していると、急に浅見さんが私を覗き込んできて動揺する。

「いえ！　大したことじゃないんです。最近話すようになったドクターが、ゴルフやテニスの話ばかりで」

「いつも言っているように、営業はすぐ結果に直結はしないし、焦ることは――」

「私、全然スポーツに詳しくなくて。もっと知識の幅を広げたいなあって」

つい夢中になってしまい、浅見さんの返しをまともに耳に入れず、言葉を遮った。はたと我に返り、顔を上げる。浅見さんは呆気に取られているようだ。

「瑠依……？　もしかして契約がどうとかじゃなく、純粋にそのドクターと会話ができないことを気にしている？」

「だって、だれだって自分の好きな話が通じたらうれしいじゃないですか。だから、そういうところから心を開いてもらえたら、もっと今求められている情報はなにか、とかがわかると思って」

浅見さんが茫然としているとはわかっていても、私はお酒のせいか熱弁をふるい続ける。

「それに、私だって仕事とはいえ、堅苦しい話ばかりは嫌ですから」

そこまで言い終えて、ふと気づく。

あれ……？　私って、こんなに熱かったっけ？

ああ、そうか。今まで頭で考えていただけで、口には出したことがなかったからかもしれない。いざ言葉にすると、こんな熱血感が溢れているように思えるんだ。

なんだか急に恥ずかしくなって赤面する。そこで隣で浅見さんが呵々大笑《かかたいしょう》して、さらに耳まで熱くなった。

「なっ、なんですか？」

私は立ち止まり、どもりながら笑っている理由を尋ねる。浅見さんも足を止め、おもむろに手を私の頭に置いた。

「いや。本当に、いつも真剣だなあと思って。いいよな、そういうところ」

浅見さんの笑顔は今でも私の身体を熱くする。いつまでも笑い続ける浅見さんにどぎまぎしていると、彼はさりげなく私の手を取り、再び歩み始めて言った。

「んー。じゃあ、やってみる？」

「な、なにを？」

私がビクビクして聞き返すと、思いも寄らない回答が返ってくる。

「ゴルフ」

「……えっ？」

戸惑う私に、彼はしたり顔を見せる。

「頭に知識を入れるより、実際にやってみたほうが早いよ」

「そ、そうは言っても……。浅見さんは経験あるんですか？」

「まあ、コースを回れるくらいには」

そ、そうなんだ。いや、でも私、運動神経よくないし。

「ゴルフは運動神経関係ないっていう説もあるから大丈夫」

本当に浅見さんって、どうして私が考えていることがわかるんだろう。まさか、そっち系の能力がある人？　なんて、そんな馬鹿げた考えをするのは、お酒に酔っているせいにしておこう。

「瑠依はわかりやすいな」

「そ……そうなんですか？」

またもや心の声に返答されたみたいで、びっくりして狼狽した。

「うん。そこがまた可愛い」

さらりと甘いことを言う彼に、いつでも心を掴まれる。

突然〝恋人繋ぎ〟の手をグイと引っ張られ、驚いて顔を上げる。すると、瞬く間に唇を奪われた。短いキスのあと、私は思わず空いた手で口を覆う。

「なに？」

私の挙動不審な態度に、浅見さんは首を傾げる。

「……だって私、焼き肉食べたから」

瞳を潤ませて訴えたら、浅見さんは目を瞬かせた。彼は眉を下げて申し訳なさそうに笑う。

「ああ、ごめん。俺もだ」

こんなふうに、私の日常に浅見さんが存在する日が来るなんて、夢にも思わなかった。あの日から、私は幸せの中にいる。

驚くことが起きたのは、週末のこと。

「あっ、浅見さん！　レナさんからもらったものを今見たんですけど！」

仕事終わりにレナさんに呼ばれて少し会った。そのときに『総から』と言われ、受け取った封筒がある。今、浅見さんは出張中で、レナさんは残って別の仕事をしているらしい。

　私は帰宅するなり、その中身を確認して吃驚した。慌てて携帯を手に取って、今に至る。

『本当は直接渡したかったんだ。でも、時間がなくて』

「いえ、それはいいんですけれど。これ、どういうことですか⁉」

　浅見さんは、いつもと変わらぬ穏やかな話し方。それに比べ、私はだれが聞いても動揺した声を出し、部屋の真ん中で立ち呆けたまま。それもそのはず。今、手に持っているものは、明日発の北海道行きのｅチケットの控えだからだ。

『今週末、瑠依は特に予定はないって聞いたから』

「いや、確かに予定はないです……。浅見さんは今、お仕事で北海道に行っているんですよね？」

『そう。仕事は今日だけなんだ。明日と明後日はオフ』

「えっ。じゃあ……」

　明日からの土日を北海道で一緒に過ごせるってこと？

『ひとりで移動させてごめん。帰りは一緒に帰るから。空港で待ち合わせよう』

「ええっ⁉」

バタバタと出張が決まったとは聞いていた。だから事後報告になったんだろうけれど、こんな展開信じられない。

言葉を失っていると、浅見さんがけろっと言う。

『だって、約束したし』

「や、約束？　そんな……北海道に行くような話なんてしてました？」

上ずる声で尋ねると、彼はさらりと答えた。

『ゴルフやってみようかって』

「なっ……」

『ゴルフといえば北海道って聞いたから。出張ついでになっちゃって申し訳ないけど、いいタイミングかなーって』

じょ、冗談でしょ……？

つい心でそうつぶやく。この間そういう話をしたのは思い出した。まさか、そんな本格的な話に発展するなんて。やっぱりなにかの冗談じゃ……。

そう思って視線を落とす。

冗談でも嘘でもなんでもない。だって、手もとには明日のチケットがあるんだもの。

『あっ……と。ごめん。仕事終わらせてしまうから、今日はこれで』

「えっ。あ、はい」

『明日待ってる』

通話を終えて、茫然と片道分のチケット控えを眺める。

こんなサプライズ、されたことなんかない。いや、周りで聞いたこともない。

本当、考えられないことばかり。彼は出会ったときも、急に食事に誘ったり……キスしてきたり。だけど、どれも困惑はしたものの、嫌だと思ったことはない。それは、今回も例外じゃない。

ようやく事態が整理できてきて、息を吐く。

「……準備しなくちゃ」

突然の旅行に戸惑いながらも、すでに楽しみな気持ちが心を占めていた。


そうして、あれからバタバタと荷造りをし、翌日は十時の飛行機に乗った。

勢いで来ちゃったけれど、会ったらまずなんて言えばいいんだろう。細かいことを考え始めたらきりがない。

飛行機が着陸して手荷物を取り、出口に向かう。すると、すぐさま名前を呼ばれる。

「瑠依！」

私服姿の浅見さんを見て、本当にオフなんだと改めて思った。

「あ……お、お疲れ様です」

「はは。なに？　仕事みたいなよそよそしい挨拶して」

浅見さんが私の反応を見て相好を崩すのは、初めてなわけじゃない。ただ、会う場所が違うだけで、なにもかも新鮮に感じてドキドキする。

「すみません……。えーと、これからどこへ？」

北海道っていうことだけで、詳細はほぼ聞かされていない。強いて言うなら、ゴルフをするってことだけ。もしこのまま直行するなら、着替えるところとかあるのかな？　そもそも素人《しろうと》でも大丈夫？　無知過ぎて不安が尽きない。

想像だけで緊張し、視野が狭くなっているところに、浅見さんが私の小さなキャリーケースをさりげなく取った。

「俺が持つよ。今回は時間も限られているから、遠くへは行けなそうだね。今まで地図上で見ていた感覚と想像以上に違っていて……ちょっと考えが甘かった。ごめん」

そうか。私は東京を基準にして比べるから、かなり広い場所と思うけれど、浅見さんはアメリカから来たから、北海道が広いという認識がなかったのかも。

「瑠依は行きたかったところとかある？」

「えっ。いえ、急だったから……」

「あ、そっか。ごめん」

本当に急なことだったから、準備をするのにいっぱいいっぱいで、どこへ行きたいとか考える暇もなかった。

彼は軽く頭を掻いて、苦笑を浮かべる。それから今回のプランを教えてくれた。

「出張先の社員からちょっと聞いた感じだと、札幌《さっぽろ》を経由して小樽《おたる》辺りを観光するのがいいのかなって」

「小樽！」

「興味ある？」

「高校のときに行ったことはあるんですけど、昼間だったから。夜の小樽運河を歩いてみたいなあって」

修学旅行を思い出す。特別甘い思い出はなかったけれど、友達と十分楽しんだ記憶がある。自由時間はそれなりにあっても土地勘はなかったし、案外時間もあっという間に過ぎてしまって、効率よく観光することができなかった。

そんなことが蘇り、わくわくしてきた。浅見さんの視線を感じ、不意に顔を上げる。浅見さんは目尻を下げて私を見つめていた。

「じゃあ決まったね。行こう」

彼はごく自然に手を繋ぎ、そう言って颯爽と歩き出した。

そのあと、札幌に無事到着し、大通《おおどおり》公園を散策する。天気に恵まれて、すごく心地がいい。ちょうどお昼ということもあって、陽射しが暖かい。

今も浅見さんに右手を繋がれている。手を繋ぐのはもう何度目か数えきれないほどなのに、未だにどこか気恥ずかしい。

すれ違う女の子が決まって振り返り、浅見さんを見る。浅見さんは気づいていないようだけれど、私は空港を出たときから気づいていた。女の子たちが振り向く理由はわかる。浅見さんの容姿に目を奪われたんだろう。

そんな素敵な人に手を取られていれば、当然私も彼女たちに注目される。やっぱり不釣り合いなんだろうなと思い、俯きたくなる。でも、この大きく温かい手が私に自信をくれるから、私は俯きたい気持ちを堪え、浅見さんの手を握り返せる。

「あっ。ここ、前に来たときも鳩《はと》がいっぱいでした！」

大通公園を散歩しながら、敷地内にたくさんいる鳩を指差して言った。

「平和の象徴だね」

浅見さんは、鳩が餌に群がる光景に柔らかく目を細める。

「懐かしいなあ。もう何年前になるのかな」

「……瑠依は、修学旅行《スクールトリップ》はどんなふうに過ごしたの？」

噴水を遠目に、記憶を遡って首を捻る。

「修学旅行ですよね？　うーん、細かくは覚えてませんけど、友達とただ歩き回っていたような感じですよ」

「ふーん。友達って女の子？」

「はい。四人で」

浅見さんの質問を順に答え終えると、急に彼が黙り込む。不思議に思って顔を窺うと、パッと目を逸らされた。

なにか変なことを言ったかな？　思い当たることがないんだけれど……。

浅見さんは不安な表情を浮かべた私に気づき、ばつが悪い様子でぼそっと口にする。

「いや、ごめん。急になんか……やきもち。同じこの場所を別のだれかと手を繋いで歩いたりしたのかなあって」

浅見さんが自分の口もとを手で覆い、珍しく少し照れた表情を見せる。そんな態度をされたら、私のほうが赤面してしまう。

いた。

「そっ、んなこと……なにも、なかったですから」

ぎこちない話し方で否定をすると、すでに浅見さんは、いつものように悠然として
「そっか。学生の瑠依にも会ってみたかったな」

そうして恥ずかしげもなく「可愛かったんだろうね」なんて口にするから敵わない。

「瑠依？」

それにしても、やきもちを焼かれたり、ストレートに思いを伝えられたりするって
すごく照れくさい。……そして、うれしい。

「……見ないでください」

絶対に今、浅見さんのことが好きって、全面に表情に出しているはず。

私は浅見さんの手を離し、たまらず両手で顔を覆った。

「私、すごく間抜けな顔になっちゃってるから……」

だれに見られなくとも、浅見さん本人に見られるのが最も恥ずかしい。いい年して、
ちょっとやきもちとか言われただけで、こんなに浮かれるなんて。

涙目で指の隙間から浅見さんをチラリと見ると、一瞬視線がぶつかった。慌てて俯
いた拍子に、浅見さんにグイと腕を掴まれ、脇の木陰に身を隠された。なにが起きた

のかと動転し、彼の表情を目の当たりにして吃驚する。

「……瑠依のその顔。絶対、ほかの人に見せたくない。可愛過ぎる」

浅見さんは、緩む頬を堪えるように軽く眉を寄せて言う。

「浅見さんだけですよ……。私を可愛くしてくれるのは」

瞼を伏せ、掠れる声でかろうじて返す。次の瞬間、浅見さんが、ひどく艶のある声で囁く。

「瑠依。そういうセリフは、場所を考えて言ってくれないと」

心臓が大きく跳ね上がる。ゆっくりと睫毛を上向きにしていくと、滅多に見られないような余裕のない顔が目に飛び込んできた。

「浅見さ……」

脈が乱れる中、どうにか彼の名前を口にして、この雰囲気から逃れようと謀った。が、僅差で浅見さんに捕まった。

彼は私を囲うように甘く拘束し、人目を忍んで口づけた。


三時過ぎに小樽に着いて、宿泊施設のチェックインだけ済ませた。街には私たちのほかにも観光客がたくさんいる。その人たちに交ざるように、一軒のガラス工房に入った。

「わあ！　すごく綺麗！」

店内には見渡す限りガラス細工が展示されていて、それらが照明を反射させ、壁面だけでなく室内すべてが煌めいて見える。

確かここには以前も訪れたはずなのに、こんなに感動したかな？

昔の記憶との違いに驚きつつ、散らばった宝石を見つけるような感覚に心が躍る。

「これ可愛い。あ、あっちも見てみたい」

思わず童心に返ってはしゃいでしまう。普段は飾り気のない病院という施設にばかり足を運んでいる反動かもしれない。

「混んでるし、俺のことは気にせず、好きに見て回っていいよ」

「いいんですか？　ありがとうございます」

気遣ってくれた浅見さんに頭を下げ、改めて店内をゆっくりと見て回る。手のひらにのる小さな置物やグラス、オルゴール。私はオルゴールをそっと手に取り、少しだけ鳴らしてみる。どこか懐かしい気持ちになり、なかなかその場から動けなかった。

購入したものは、小さなオルゴールとガラスのヘアピン。ヘアピンは、色違いでレナさんの分も買った。レナさんのは彼女の瞳と同じ、綺麗な碧色。

ショップ袋を手に提げ、店を出ると浅見さんが待っていた。

「お待たせしてすみません」

「いや。いいものあった？」

「はい！　一番気に入っているのは、レナさんへのお土産で……」

浅見さんがひとつも疲れ顔を見せずに尋ねてくれるから、思わず質問に飛びつくように答えてしまった。私の話を聞くや否や、浅見さんは目を瞬かせた。

「一番が自分のじゃなくてレナのなの？」

「え？　あ、自分のも気に入っていますよ」

浅見さんは「瑠依らしいな」と破顔して、手を差し出した。私はおずおずと手を重ねる。

当たり前のように繋げる手。触れた瞬間に体温が上がる。未だに言葉を交わすときもドキドキするし、目が合うだけでも心がときめく。

それはまるで、さっきまでいたガラス工房のように煌めく世界だった。

私たちは有名な洋菓子店でお茶を飲んだりして商店街を楽しんだ。

小樽運河に添って散歩をしているうちに、だんだんと陽が傾き始める。運河に架かる橋を渡ったときの景観は、なんだか不思議な気持ちになった。水面に煉瓦《れんが》の倉庫が映っている。それがゆったり揺れる穏やかな景色は、どこか懐かしい感じがする。

ふわふわとした心地で橋を渡り、寿司屋に入った。実は、回転していない寿司屋に入るのは初めてで、かなり緊張している。

考えてみれば、浅見さんのほうが未知な場所で勝手がわからないはずなのに、隣に座る彼は、やっぱり堂々としている。私がきょろきょろしていたら、恥ずかしい思いをさせるだけだと思っていても、すぐに落ち着くことができない。そんなときだった。

「瑠依？」

私の名前を呼んだのは浅見さんじゃなかった。まったく聞き覚えのない声に緊張が走る。後ろを見ると、店をあとにするところだった客のうち、ひとりが立ち止まっていた。

私は訝しげにその男の人を見上げた。どこか見覚えがある。

「……すーちゃん？」

小さいときの面影が残る彼の名前が、すんなりと口から出てきた。私が警戒心を解くと、すーちゃんはちょっと興奮気味に私の頭に手をポンポンと置いた。

「やっぱり瑠依だ！　うわあ、小学校卒業して以来？　あんまり変わんないからわかったよ！」

「どっ、どうしてここに？」

彼は小学生のときに仲のよかった中野《なかの》進《すすむ》こと、すーちゃん。すーちゃんは、小学生の頃と変わらぬあどけない笑顔で説明する。

「あ。俺、高二のときに親の都合で札幌に引っ越してきたんだよね」

「そうなんだ！　こんなところで会うなんて、すごい偶然だね」

「だな！」

東京ではそんなに遠くに住んでいたわけじゃないはずなのに、中高と学校が違うというだけでバッタリ会うこともなかった。それなのに、こんな離れたところで再会するなんて面白い話だ。

私が驚きのあまり、まだ目を大きくさせていると、すーちゃんが視線をチラッと私の隣に向けた。

「あー……っと、そっちは旅行？」

浅見さんを確認し、ちょっと気を遣った雰囲気でそう言った。

自分のことを話すのって照れくさい。それも、小さい頃からの男友達だとなおさら。

だから、私は話をすーちゃんのほうに切り替えた。

「あ、うん。すーちゃんは？　彼女とか？」

「いや。今日は家族でちょっと食いに来ただけ。……じゃあ、行くわ」

すーちゃんは、初めは親しげに話しかけてきていたのに、最後はなんだかよそよそしい感じで、そそくさと行ってしまった。

浅見さんに遠慮していたのかも……。それに、浅見さんも気を遣っているかもしれない。

すーちゃんが去ったあと、なんだか沈黙が続いている気がする。私は雰囲気を変えるべく、なにか言葉を探す。けれど、先に口火を切ったのは浅見さんだった。

「同級生？」

ぽつりと聞かれた質問に思わず肩を上げる。

「は、はい。すーちゃんは小学校のとき、ずっと同じクラスで。六年間一緒ってすごいですよね。気が合って、しょっちゅう遊んでいたんです。でも、すーちゃんとは中学の学区が違ったから」

やましいことなんてなにもない。なのに、どぎまぎする。それは、なんだか浅見さんの横顔が急に距離を感じるものだったから。

ハラハラしていると、浅見さんが口角を上げて言う。

「へえ。よかったの？」

「えっ？　なにがですか……？」

表情は笑っていても、口調が淡々としている。その差にいっそう不安が募る。今の浅見さんの態度は、月島先生に手を出されかけたときに似ているかもしれない。

ピリッとした空気はもともと苦手。さらに相手が浅見さんだから、どうしていいのかわからなくなる。緊張で硬直していると、浅見さんが口を開く。

「もう少し、再会を喜び合いたかったんじゃないのかなって」

浅見さんはお茶を喉に流し、湯呑をテーブルに置いた。特段乱暴な仕草だったわけじゃないのに、湯呑を戻した音に心臓が跳ねる。

「そんなことは……」

ドクドクと嫌な心音を感じながら、小さな声で返す。どうしたら事態が修復できるかわからない。そこに板前から寿司を出され、完全にタイミングを逃した。

私たちは黙々と寿司を平らげる。せっかく美味しいはずの味も、ほとんどわからなかった。

店を出て、来た道を戻る。念願だった夜の小樽を散策しているのに、寿司屋からずっと微妙な空気が続いている。

ぎくしゃくしているのはもちろんわかっているんだけれど、明確な理由がわかっていない。思い当たることといえば、すーちゃんのことしかないんだけど……。

私、すーちゃんのことで誤解させるような態度を取っていたかな……？　それで浅見さんが憤慨しているのだとしたら、どう切り出せばいいんだろう。

昼間繋いでいた手が今は寂しい。俯きながら、浅見さんの一歩後ろを歩く。少し進んだところで、足もとに色とりどりの影があることに気づいて足を止めた。顔を上げると、そこには隠れ家のような雰囲気のバーがあった。

店先のランプがガラス工芸のもので、ステンドグラスのようなデザイン。夜だから余計に光が映えて綺麗。とてもおしゃれで見とれてしまう。塞ぎ込んでいた心が、ほんの少し和らいだ気がした。

「入ってみようか？」

久方ぶりに浅見さんの穏やかな声を聞いた。たったそれだけで、気持ちが緩んで泣いてしまいそうになる。

私は潤んだ瞳に気づかれないよう、俯いて小さく頷いた。

店内は木の温もりがあり、暖色のランプが優しく照らしている。ノスタルジックで別世界にいるみたいだ。

浅見さんとカウンターに並んで座り、小樽ワインを注文した。そのあとはまた静まり返る。でも沈黙がこれ以上続くのがいやで、勇気を出して口を開く。

「あの、さっきはすみません……私、なにか気に障るようなことを」

だって今日はすごく楽しかったから。こんな雰囲気を絶対明日に持ち越したくない。

浅見さんを窺っても、彼は首を横に振るだけ。そのあと、浅見さんが辟易するような表情を見せ、さっき堪えていた涙が出そうになる。

「いや。こっちこそ。大人げなかった」

そのとき、浅見さんが瞼を閉じて言った。

どうやら、嫌気が差していたのは私に対してではなく、自分に対してのよう。

「さっきの、すーちゃんのことですよね？　本当に小学校以来、連絡も取ってなくて」

「別に関係を疑っているわけじゃない。仮になにかあったんだとしても過去の話なわけだし。……ただ、さっきはあまりに親しそうに話すから」

徐々に浅見さんの語尾が弱々しくなる。そんな姿に目を丸くした。浅見さんは、カウンターの上に組んだ手を見つめ、ぽつりと漏らす。

「俺といるときの瑠依は、まだ敬語だし、話し方にも壁を感じる。だからちょっと……悔しくなった」

浅見さんの言い分を聞いて度肝を抜かれる。

てっきりすーちゃんと私が恋人関係だったとか、思いを寄せていたとかそういうことを考えているせいかと思っていた。けれど、理由は至極単純で意外だった。

茫然としている間にも、浅見さんは言葉を重ねる。

「しかも、頭に手を置かれても自然と受け入れて見えたし」

「えっ」

「俺が触れるときは、まだどこか緊張しているように見える。あの友達には久しぶりにもかかわらず慣れているみたいで、差を感じた」

彼は開き直ったのか、不満そうにむくれてみせる。

「自分でも驚くよ。今まで周りの人間に『総はいつも余裕だな』と言われてきたのに。瑠依のことになると、知らない自分が出てくる」

悄然とする浅見さんを見るのは初めて。

浅見さんはいつも強引で、でも優しくて。どんなときも気持ちに余裕がある人だと、どこかで決めつけていた。なんでも冷静に対処できて、醜い感情なんて持ち得ない人だなんて……そんな人、いるわけないのに。

私は身体ごと浅見さんのほうを向いて、まっすぐ見つめた。

「ごめんなさい。私がこういう話し方になってしまうのは……総だから。差が出てしまうのも、総だとドキドキし過ぎて……今も緊張してる」

私だって、『城戸さん』って呼ばれるよりも『瑠依』と呼んでくれたほうがうれしい。堅苦しい話し方や話題よりも、親しげな言葉で話をしてくれたほうが、ずっと相手を身近に感じられる。

「うん。本当はわかっていたから。ただあの友達は、たぶん瑠依のことがちょっと特別っぽかったから」

浅見さんはそう言って笑いながらも、私をまだ見ようとしてくれない。私はどうにか振り向かせたくて、彼のシャツをきゅっと掴んだ。

「私の特別は総だけだから。……覚えていて、ください」

一句ずつ、気持ちを込めて伝えた。

浅見さんは目を剥いて私を見た。お互いにまた黙ってしまったけれど、さっきのいたたまれない空気とは全然違う。黒い瞳は優しさに満ちていて、私を映し出してくれるだけで安心できる。もう、大丈夫。

　そのとき、オーダーしていたワインが私たちのもとに来た。どちらからともなく、静かにグラスを合わせる。ワインを口にした直後、後方に座っていた女の子ふたりの会話が聞こえてくる。

「ねーね。お酒にも花言葉みたいなのがあるって知ってた？」

　いかにも女の子が好きそうな話題だ。占いにも似たような花言葉。私も同じく、ちょっと興味はある。

　私は思わず浅見さんに話を振った。

「へえ。そうなんですね。知っていましたか？」

　小声で尋ねてみたら、浅見さんも会話を聞いていたようで、聞き返されることなく答えてくれた。

「……少しだけ。父がそういうの好きだったみたいで」

「そうなんですね。でも、お母さんじゃなくてお父さんなんだ」

　てっきり、こういうことは女性が好んで覚えるものだと思った。だから、お父さんが好きだったと聞いて少しびっくりした。そこに、また女の子の会話が耳に届く。

「そうなの？　たとえば？」

グラスを見つめながら意識しているのは、後ろから聞こえる会話。いけないことと は思いつつ、聞き耳を立てる。

「有名なのだと、ギムレットとか。確か〝長い別れ〟だったかなあ」

長い別れ……か。実は、浅見さんとこういう店に来ると、今でも蘇ってしまう。もう離れるしかないんだと思った、あの日の光景が。

「瑠依がシアトル行きを断った日、俺が最後に頼んだお酒はなんだったか……覚えている？」

また頭の中を見透かされたと思った。こんなタイミングで、苦い思い出の日を口に出されたから。

私はワイングラスを手に取って、小さく返す。

「……うん。ジプシーっていうものを頼んでた。ここのお店にはそのお酒はないみたい……。あの日からバーに行くことがあれば、メニューを見て思い出していたから」

懸命に笑顔を作った。もう、あの日のことを思い出して悲しまなくてもいいはずなのに。今は幸せなんだから大丈夫と思おうとすればするほど、あのときの負の感情に引きずられてしまって。

忘れられなかった。浅見さんとの最後の時間は鮮明に残っていて、同時に、それ以降の胸が押しつぶされそうな毎日をも思い出す。

「忘れないでいてくれたんだ」

胸の奥から込み上げてきたものを堪えるのに必死で声が出ず、ただ無言で首を縦に振る。

「そう……。でもやっぱり、意味までは気づかれなかったか」

浅見さんは苦笑を漏らし、つぶやくように言った。少しの間、沈黙が流れる。

意味ってなんだろう。今の話の流れだと、ジプシーが意味する言葉っていうことだよね？

「え……。あの、意味って？」

浅見さんの横顔を食い入るように見つめる。

その言い方だったら、まるであのときに意味を込めてジプシーをオーダーしたように聞こえる。まさか、そんなこと。

瞳を揺らし、自分の鼓動が速くなるのを感じる。

「本当はもう、今さら言うようなことでもないんだ」

彼は懐かしむようにグラスを見つめ、「ふっ」と微笑む。

「口で言えなかったから、せめてなにかヒントを残したいと思って。咄嗟に選んだのがジプシーだった」

ヒントっていうことは、やっぱり私にメッセージを送ってくれていたんだ。どんなことを……？　ここまで知ってしまったら早く真実を知りたい。

急くように浅見さんへ眼差しを向け、彼の口が動くのを待つ。形のいい唇がうっすら開くのを見て、さらに動悸が騒いだ。

「しばしの別れ」

そう答えると、頬杖をつき、私を見つめて微苦笑を浮かべる。浅見さんは揺らぐことなく続けた。

「実はあのとき、どんな手段を使っても瑠依を迎えに行くって決めていた」

知らなかった。あの日、あの瞬間に、そんな大きな決心をしてくれていたなんて。私は溢れる悲しみに打ちひしがれていただけで、ひとつも気づけなかった。

「……もう。そんなの、わかるわけない」

涙声で頬を膨らませ、浅見さんにじとっとした目を向ける。

「そうだな。ちょっとキザ過ぎたとは思う。ただ、あのときはカッコつけることなんか全然頭になくて必死だったんだ」

うっかり、涙をひと粒グラスに零す。

浅見さんと再会して、こうしてまた一緒に過ごしていても、あの日のことはどうしても苦々しい気持ちにしかなれなかった。でも、もう平気。

聞けてよかった。今日からきっと、いい思い出に変えられる。

丸一日いて、ようやく手を繋いで隣を歩くことに慣れてきたって言ったら浅見さんはまた笑うかな。

すっかり暗くなった夜の運河を寄り添って歩く。昼間は多くの観光客がいたが、それに比べて今は人がまばら。

「同じ場所なのに、昼と夜でこんなに雰囲気が変わるなんて」

「だいぶ人がいなくなったな。来月から冬のイベントがあるみたいだし、みんなそっちに合わせて観光しに来るのかもな」

「へえ。冬ならもちろん雪が降っているんだろうし、ますます魅力的な景観になるんだろうな……っくしゅん」

すっかり冷え込んだ空気に、くしゃみが出た。日中は運よく暖かかっただけのようで、北海道の秋の夜は薄手の上着じゃ足りなかったみたい。私は身震いをし、自分の準備の甘さに後悔する。

「瑠依。これ着て」

こんなときスマートに上着を貸してくれる辺り、やっぱり完璧な彼だ。私が返事をする前に肩に上着をかけてくれる。まだ残る浅見さんの温もりと香り。まるで抱きしめられているような感覚に頬を染める。

「ありがとう。でも、総が風邪ひいちゃうよ」

「風邪をひけば堂々と仕事休めるし」

「そんなことしたら、レナさんが怒るのが目に見える……」

レナさんに叱られることを想像し、ふたりで一緒に吹き出した。

運河にうっすら映し出される倉庫。そして、ガス灯は幻想的な雰囲気を感じさせる。暗くなった水面は、風がないおかげで綺麗に景色が映り込んでいる。ちょうどガス灯などの灯りが少なくなった場所で、水面に昼間の店に並んでいたようなガラスが見えた気がした。目を凝らしてみるけれど、当然ガラスが浮かんでいるわけがない。

私はふと空を見上げた。

「あ……星だ」

輝いているものの正体は夜空の星だった。直接見上げた空には、運河よりもたくさんの星がキラキラと瞬いている。それこそ本当にガラスのよう。

「ちょっと寒いけど、空気も景色も綺麗に感じる。空なんかガラス細工だな」

浅見さんのひとことに、私はびっくりして視線を戻した。彼は口角を上げ、「ん？」と首を傾げる。

感じることが一緒。些細なことだけど、それがすごくうれしくて自然と顔が綻ぶ。

「星ってこんなにあるんですね。いつも上を向くことをしないから。でも、東京じゃ、見上げたってそうそうこんな星空見られないかな」

浅見さんが咄嗟に繋いでいた手を離し、夜空を指差した。

「あ、流れ星」

「えっ。どこ？」

私はその方向を、まるで子どものように必死になって探す。流れ星っていうくらいだから、その瞬間に見つけられなきゃもう遅いとはわかっていても、しばらく空を眺め探していた。

「あー、やっぱり見逃しちゃっ……た」

諦めようとしたそのとき、違和感を抱く。左手に触れられたのはわかっていたけれど、また手を繋ぐだけだと思っていた。

おもむろに左手を動かし、自分の薬指を見る。

「これ……」

星空に意識を奪われている間にはめられたのは、ガラスの指輪。

「仮予約。さっき、ちょうどよさそうなのを見つけたから」

「仮……予約？」

薬指に刮目《かつもく》しながら浅見さんの言葉を繰り返す。すると、浅見さんが私の左手をスッと取った。冷えていた指先が一瞬で熱くなる錯覚がする。

「そう。この指のね。サイズが合っててよかった」

色模様がついた、ちょっと太めのガラスのリング。今日、私だけがひとりで買い物をしていると思っていたら、こんな素敵なものを買って用意していてくれたんだ。

「今日、一緒に星空を見上げた思い出に」

もう胸がいっぱい過ぎて、なにから伝えていいのかわかんない。

浅見さんは優しく手を握り直し、宿泊先の方向へつま先を向け直した。

「さ。本当に風邪ひいたら困るか……ら」

「うれしい……！　ありがとうございます」

私は浅見さんの言葉を遮って、人目も気にせず抱きついた。後先を考える隙間もないくらい、本当に本当にうれしかったから。

広い背中に手を回すと、浅見さんも抱きしめ返してくれる。

逞《たくま》しい胸。力強い腕。温かい鼓動。子どもっぽい感情も、大人の余裕を持っているところも、全部――。

「大好きです」

浅見さんの腕の中でつぶやいた。聞こえるか聞こえないかというくらいの声だったとは思うけれど、信じられないくらい心音が速くなっている。

だけど特に浅見さんの反応がなくて、そろりと目を向ける。浅見さんと視線がぶつかるや否や、階段の壁に引き寄せられた。

「きゃっ……」

煉瓦に背をつけ、再び彼を仰ぎ見る。怒っているわけでもないし、微笑んでいるわけでもなく、なんとも表現しがたい表情を浮かべていた。心情を読み取れなくて、小首を傾げる。

「総……？」

「初めて聞いた」

浅見さんは少し驚いたような声でぽつりと答える。僅かに感情が見えた気がしたけれど、言っていることがなんのことかピンとこない。

「え？　なにを……」

さらに首を捻って尋ねると、浅見さんの温かな両手が私の頬を包む。よりいっそう顔を上向きにされ、両目を覗き込まれた。

「瑠依が『好き』って言ってくれた」

浅見さんの双眸が、喜びで細められるのを目の当たりにした。こんなにも喜悦に満ちた表情は初めてだ。私は放心して、止まりかけた思考を巡らせる。

初めて……？　そうだった？　でも気持ちはただ漏れだったと思うし、今さらな気もする。

私が戸惑っていると、浅見さんは口を弓なりに上げる。

「もう一度聞きたい」

「えっ……」

無邪気な瞳でお願いされ、羞恥心に駆られる。上目で免除を訴えるけれど、どうやら認められないらしい。浅見さんの全身から、『言って』オーラが溢れている。

私は覚悟を決め、一度睫毛を伏せてから少しずつ浅見さんを見上げる。

「……総が好き」

声がひっくり返るかと思った。そのくらい緊張したひとことに、浅見さんは想像以上に目を輝かせて眉を下げた。

「俺も」

爽やかな笑顔が飛び込んできたのも束の間、躊躇いなく抱きしめられ、顔が見えなくなる。さっき身震いしていた寒さが嘘のように感じられない。浅見さんの熱に溶かされてしまいそう。

私が胸を高鳴らせていると、浅見さんは少し距離を取り、今度はゆっくり頭を傾ける。恥ずかしくて咄嗟に視線を落とした。冷静に考えたら、周りに人がいないわけじゃないはず。

「浅見さ……」

「みんな景色に夢中だよ」

チラッと見えた範囲では、階段の陰で薄暗い位置だからか、だれも私たちの存在に気がついていない。だれもが運河だけを見ながら歩き去っていく。ホッとした矢先、腰をグイッと引き寄せられた。

「でも、俺は景色より瑠依がいい」

情熱的な眼差しに捕らわれて、呆気なく彼にすべてを委ねる。冷たい唇に熱が灯され、次第に全身が火照っていく。

私は左手の薬指にはめてある指輪を感じながら、浅見さんを抱きしめた。

翌日は、ひとつのベッドで寄り添うように朝を迎えた。カーテンの隙間から射し込む太陽で天気がいいことを知り、眠い目を擦る。心地いいのは、ふかふかのベッドだけが理由じゃない。浅見さんの体温とにおいに包まれているからだ。

彼の胸に顔を埋める。前髪を掻き上げるように撫でられ、額にキスが落ちてきた。

「おはよう」

「……おはようございます」

浅見さんを上目で見た途端、昨夜のことを思い出し、途端に頬が赤くなる。

「なに考えているの？」

「やっ……な、なんでもなぃ」

私はもぞもぞと下がって布団に隠れようとするも、浅見さんに顎を掬い上げられる。瞼を伏せると唇が軽く触れ合い、そのあと目のやり場に困って顔を逸らす。

「こういう朝を毎日迎えられるのを、心待ちにしているんだけど」

浅見さんはベッドに寝そべり、肘をついた手に頭をのせて言う。責める口調ではなく、私を困らせようと口にしたんだろうということはわかっていた。

私はおずおずと答える。

「実は……。来月、アパートの更新なんです。だから」

『だから、マンションに行ってもいいですか？』がなかなか口から出てこない。

「うーっ」と唸るように固く目を閉じる。次の瞬間、背中に手を回され、ぎゅうっと抱きしめられた。そのあと、なぜか、わしゃわしゃと髪を乱される。

「きゃあっ」

「じゃあ、あと一ヵ月ちょっと、この距離を楽しむことにするよ」

浅見さんの胸にくっつけた頬から、速い鼓動を感じる。私と同じように、ドキドキしてくれて喜んでくれているんだって思って頬が緩んだ。ようやく少し照れが収まってきたところで彼を見上げる。

「あ。ゴルフって……」

どうなったんだろう？　昨日は途中からすっかり忘れていたけれど。もともとゴルフを教えてくれるために北海道に呼んでくれたはず。もう朝八時になっているのに、私たちは悠長にベッドの中。

浅見さんは私を見下ろし、したり顔をしてみせる。

「ああ。初めからコース回れる人なんていないよ」

「えっ！」

そして、ケラケラとおかしそうに目を細めた。

「浅見さんの……総の、意地悪」

私は、じとっとした視線を向け、頬を膨らませる。

「だけど、今日も天気いいし、せっかくだから打ちっぱなしには行ってみようか」

「え。やっぱりやるんですか？」

「瑠依。筋肉痛、覚悟しておいたほうがいいよ」

「ええっ！　明日からまた仕事で歩き回るのに」

そんな他愛ない会話を交わし、自然とキスをして、手を繋ぐ。

穏やかな時間。幸せな日々。

近い未来に、こういう毎日をお互いに約束し合う日を迎えられますように。

私がガラスの指輪を朝日に透かすように上げた左手を、浅見さんは包み込むように優しくシーツに沈ませた。

おわり

あとがき

こんにちは。約一年ぶりに、またこういう素敵な場でみなさまにご挨拶をさせていただけることとなりました。日頃、応援してくださる方々のお力です。心より感謝申し上げます。

私はいつも、物語を書くときには、頭に流れる映像を文字で表現しています。

たとえば今作では、瑠依と総が出会うシーン。おしゃれなカフェの前で飴玉が散らばって……という部分では、慌てるあまり視点が定まらなかった瑠依が、飴玉から総へとゆっくり視線を移し、瞳を大きくさせて彼に魅入ってしまうとか。

エレベーターでの別れで、総がそっと距離を取り、ひとり降りていった姿が閉まるドアに遮られて見えなくなっていく。それを瑠依は、ただ揺らいだ目に映して立ちすくんでいるとか。

登場人物の視点から見えた景色だったり、カメラ目線での状況だったりと、そのときどきで変わりはしますが、そんなふうに常に絵が浮かんでいます。

脳内には鮮明に浮かんでいることなのに、言葉にして伝えるというのはすごく難しく、また、自分の表現力の乏しさにいつも苦悶しています。

もっとうまく言葉を選び、並べ、このイメージをより正確に読者の方へ伝えたい。

四苦八苦しながら日々努力をしているつもりですが、まだまだ未熟です。それでも、読んでくださった方へ少しでも私の想像する映像が届きますように……と毎回願っております。

物語を通じて、多くの方々とその世界を共有できたなら。

そのために日々精進して参ります。

どうぞこれからもよろしくお願いいたします。

宇佐木《うさぎ》

宇佐木先生への
ファンレターのあて先

〒104-0031
東京都中央区京橋1-3-1
八重洲口大栄ビル7F
スターツ出版株式会社　書籍編集部　気付

宇佐木先生

本書へのご意見をお聞かせください

お買い上げいただき、ありがとうございます。
今後の編集の参考にさせていただきますので、
アンケートにお答えいただければ幸いです。

下記URLまたはQRコードから
アンケートページへお入りください。
http://www.berrys-cafe.jp/static/etc/bb

エリート専務の献身愛

2018年2月10日　初版第1刷発行

著　者　宇佐木
©Usagi 2018

発行人　松島 滋

デザイン　カバー　根本直子（説話社）
　　　　　フォーマット　hive & co.,ltd.

校　正　株式会社　文字工房燦光

編集協力　矢郷真裕子

編　集　三好技知（説話社）

発行所　スターツ出版株式会社
〒104-0031
東京都中央区京橋1-3-1　八重洲口大栄ビル7F
TEL　販売部　03-6202-0386（ご注文等に関するお問い合わせ）
URL　http://starts-pub.jp/

印刷所　大日本印刷株式会社

Printed in Japan

乱丁・落丁などの不良品はお取替えいたします。
上記販売部までお問い合わせください。
定価はカバーに記載されています。

ISBN 978-4-8137-0398-3　C0193

『偽りの婚約者に溺愛されてます！』

鳴瀬《なるせ》菜々子《ななこ》・著

Now Printing

女子力が低く、恋愛未経験の夢子はエリート上司の松雪に片想い中。ある日、断りにくい縁談話が来て、松雪に「婚約者を雇っちゃおうかな」と自嘲気味に相談すると「俺が雇われてやる」と婚約者宣言！　以来、契約関係のはずなのに甘い言葉を囁かれる溺愛の毎日で…!?

ISBN978-4-8137-0419-5／予価600円＋税

ベリーズ文庫
2018年3月発売予定

書店店頭にご希望の本がない場合は、
書店にてご注文いただけます。

『偽りのエンゲージメント』

及川《おいかわ》 桜《さくら》・著

Now Printing

弁当屋で働く胡桃は、商店街のくじ引きで当たった豪華客船のパーティーで、東郷財閥の御曹司・彰貴と出会う。眉目秀麗だけど俺様な彼への第一印象は最悪。だけど「婚約者のふりをしろ」と命じられ、優しく甘やかされるうちに身分違いの恋に落ちていき…!?

ISBN978-4-8137-0420-1／予価600円＋税

『キス・ゲーム』

颯陽《そうよう》香織《かおり》・著

Now Printing

冷徹社長・和茂の秘書であるさつきは、社宅住まい。隣には和茂が住んでいて、会社でも家でも気が抜けない毎日。ところがある日、業務命令として彼の婚約者の振りをすることに!?　さらには「キスをしたくなった方が負け」というキスゲームを仕掛けてきて…。

ISBN978-4-8137-0416-4／予価600円＋税

『青薔薇の王太子と真実のキス』

ふじさわさほ・著

Now Printing

ロマンス小説の中にトリップし、伯爵家の侍女になったエリナは、元の世界に戻るため“禁断の果実”を探していた。危険な目に合うたびに「他の男には髪の毛一本触れさせない」と助けてくれる王太子・キットに、恋に臆病だったエリナの心が甘くほどけていって…。

ISBN978-4-8137-0421-8／予価600円＋税

『私はとても幸せです』

きたみまゆ・著

Now Printing

花屋勤務のあずさは、母親の再婚相手の息子を紹介されるが、それは前日に花を注文したイケメンIT社長の直哉だった。義理の兄になった彼に「俺のマンションに住まない?男に慣れるかもよ」と誘われ同居が始まる。家で肩や髪に触れられ甘い言葉をかけられて…!?

ISBN978-4-8137-0417-1／予価600円＋税

『氷の王太子は甘い恋情に惑う』

紅《くれない》 カオル・著

Now Printing

小国の王女マリアンヌの婚約相手レオンは、幼少期以来心を閉ざす大国の王子。行方を消した許嫁の面影があると言われ困惑するマリアンヌだったが、ある事件を契機に「愛している。遠慮はしない」と迫られ寵愛を受ける。婚礼の儀の直前、盗賊に襲われたふたりは!?

ISBN978-4-8137-0422-5／予価600円＋税

『イケメン御曹司は甘く口説く』

滝井《たきい》みらん・著

Now Printing

とある事故に遭ったOLの梨花は同じ会社のイケメン御曹司、杉本に助けられる。しかし怪我を負ってしまった彼を介抱するため、強引に同居させられることに。「俺は君を気に入ってるんだ。このチャンス、逃さないから」と甘く不敵に迫ってくる彼に、梨花は翻弄されて…!?

ISBN978-4-8137-0418-8／予価600円＋税

ベリーズ文庫 2018年2月発売

書店店頭にご希望の本がない場合は、
書店にてご注文いただけます。

『愛され任務発令中!～強引副社長と溺甘オフィス～』
田崎《たさき》くるみ・著

ドジOLの菜穂美は、イケメン冷徹副社長の秘書になぜか大抜擢される。ミスをやらかす度に、意外にも大ウケ&甘く優しい顔で迫ってくる彼に、ときめきまくりの日々。しかしある日、体調不良の副社長を家まで送り届けると、彼と付き合っていると言う女性が現れて…?

ISBN978-4-8137-0399-0／定価：本体640円+税

『俺様御曹司の悩殺プロポーズ』
藍里《あいさと》まめ・著

新人アナウンサーの小春は、ニュース番組のレギュラーに抜擢される。小春の教育係となったのは、御曹司で人気アナの風原。人前では爽やかな風原だけど、小春にだけ見せる素顔は超俺様。最初は戸惑うも、時折見せる優しさと悩殺ボイスに腰砕けにされてしまい!?

ISBN978-4-8137-0400-3／定価：本体640円+税

『婚前同居～イジワル御曹司とひとつ屋根の下～』
水守恵蓮《みずもりえれん》・著

親の会社のために政略結婚することになった帆夏。相手は勤務先のイケメン御曹司・樹で、彼に片想いをしていた帆夏は幸せいっぱい。だけど、この結婚に乗り気じゃない彼は、なぜか婚約の条件として“お試し同居”を要求。イジワルな彼との甘い生活が始まって…!?

ISBN978-4-8137-0396-9／定価：本体630円+税

『最愛の調べ～寡黙な王太子と身代わり花嫁～』
森《もり》モト・著

天使の歌声を持つ小国の王女・イザベラは半ば人質として、強国の王子に嫁ぐことに。冷徹で無口な王子・フェルナードは、イザベラがなんと声をかけようが完全に無視。孤独な環境につぶれそうになっていると、あることをきっかけにふたりの距離が急接近し…!?

ISBN978-4-8137-0401-0／定価：本体640円+税

『冷徹ドクター 秘密の独占愛』
未《み》華空《はなそら》央《お》・著

歯科衛生士の千紗は、冷徹イケメンの副院長・律己に突然「衛生士じゃない千紗を見たい」と告白され、同居が始まる。歯科医院を継ぐ律己に一途な愛を注がれ、公私ともに支えたいと思う千紗だったが、ある日ストーカーに襲われる。とっさに助けた律己はその後…!?

ISBN978-4-8137-0397-6／定価：本体630円+税

『華麗なる最高指揮官の甘やか婚約事情』
葉月《はづき》りゅう・著

リルーナ姫は顔も知らない隣国の王太子との政略結婚を控えていたが、悪党からリルーナを救い出し、一途な愛を囁いた最高指揮官・セイディーレを忘れられない。ある事件を機に二人は結ばれるが、国のために身を裂かれる思いで離れ離れになって一年。婚約者の王太子として目の前に現れたのは!?

ISBN978-4-8137-0402-7／定価：本体640円+税

『エリート専務の献身愛』
宇《う》佐《さ》木《ぎ》・著

OLの瑠依は落とし物を拾ってもらったことをきっかけに、容姿端麗な専務・浅見と知り合う。さらに同じ日の夕方、再び彼に遭遇!　出会ったばかりなのに「次に会ったら君を誘うと決めてた」とストレートにアプローチされて戸惑うけど、運命的なときめきを感じ…!?

ISBN978-4-8137-0398-3／定価：本体640円+税